Stephan Weiner

Buch vom Zweck

Druck und Distribution im Auftrag des Autors:

tredition GmbH, Heinz-Beusen-Stieg 5, 22926 Ahrensburg, Deutschland

Kontaktadresse nach EU-Produktsicherheitsverordnung: kontakt@stephanweiner.de

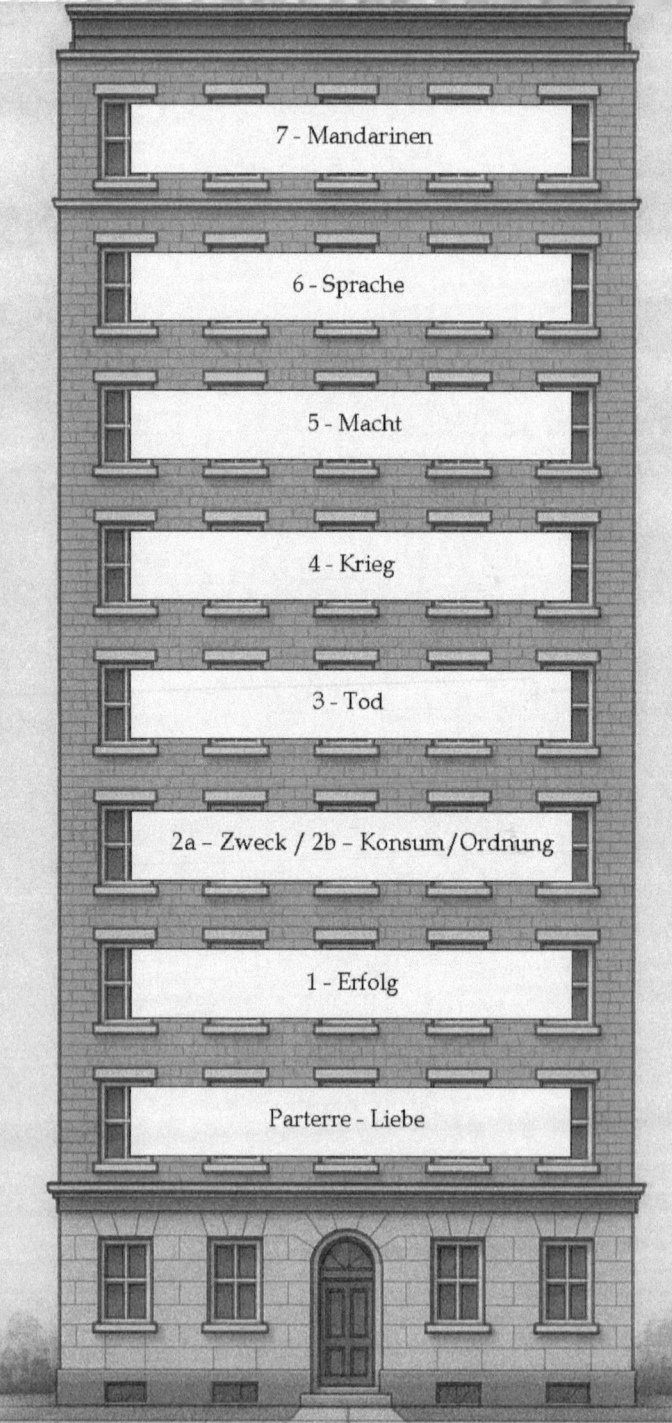

000. Zweck – 2. Stock a

001.   Lieg ich zuhause aufm Rücken. Hör ich was. Komisch denk ich. Hör doch sonst kaum was. Steh auf. Isses weg. Egal, denk ich. Will mich wieder legen. Hör ichs wieder. Kratzen?, denk ich. Nee. Mehr so n Schaben. Machtn sowas? Bild mir ein, s kommt von der Tür. Guck durch n Spion. Zappenduster. Nagut, denk ich. Sollnse doch kratzen, denk ich. Dreh mich um. Wirds lauter. Nee, ne!? Solln das? Ruf ich also einfach mal vor die Tür. Hey, ruf ich. Kommt keine Antwort. Oben rumpelts n bisschen. Kenn ich aber. Rumpelt gern mal von oben. Kratzen ist aber neu. Schaben erst recht. Guck ich also nochmal durch n Spion. Steht da einer. Seh nur ne Hand. Hält n Stift. Schreibt was gegen die Tür gelehnt. Hey, ruf ich nochmal. Typ schreibt weiter. Gesicht ist nicht zu erkennen. Nur die Hand. Wie sie schreibt. Schaben. Kratzen. Greif ich nach m Knauf. Reiß die Tür auf. Isser weg. Niemand zu sehen. Flur komplett leer. Zuck ich die Schultern. Gerade die Tür zu gemacht. Fliegt n Zettel unten durch. Bisschen Geschreibsel drauf. Zitat: ALLE HABEN IHREN ZWECK ERFÜLLT. JEDWEDE VON WEM AUCH IMMER DURCHGEFÜHRTE MASSNAHME, TÄTIGKEIT ODER HANDLUNG WIRD GEMÄSS RAHMENVETRAG AB SOFORT ALS IRRELEVANT BETRACHTET. Dreh den Zettel inner Hand. Steht sonst nix. Wie jetzt?, denk ich. Einfach so egal geworden? Lag doch grad eben erst noch. Und gestern auch. War gestern noch wichtig? Jetzt aber nich mehr? Guck nochmal aufn Zettel. Keine Unterschrift. Wer darfn sowas

entscheiden? Und: Gilt das jetzt für alle? Merk, wie ich immer noch vor der Tür steh. Geh in die Küche. Lass Wasser ausm Hahn in'n Glas laufen. Trink n Schluck. Könnt ja jetzt auch n Bier trinken, denk ich. Wenns egal ist. Setz mich aber erstmal. Zettel leg ich aufn Tisch. War mir ja eigentlich schon immer egal. So alles. Auch und vor allem wenn Leute Zettel schreiben. Sollnse schreiben. Denk ich. Ist ja meist eh nur Quatsch. Diesmal auch? Hat sich zumindest einer Mühe gemacht. So von Tür zu Tür. Und wenn sich einer Mühe macht, dann vielleicht mehr als nur so. Kommt aber auf die Mühe an. Hat er auch woanders n Zettel unten durchgeschoben? Müsst man mal rausgehen, denk ich. Nachgucken. Könnt ja aufm Flur anfangen. Und dann so: Straße runter. Wenns stimmt, müsst ja was passieren. Oder gerade nix. Aber: War mir ja immer egal, was so passiert. Wenns aber auf einmal egal ist, wenns mir egal ist, ists mir nicht mehr egal. Ja ja, denk ich. Bist halt doch wie die anderen, denk ich. Denn: So sindse. Die Menschen, denk ich. Irgendwie scheiße. Irgendwie unlogisch. Irgendwie schlecht im Tatsachen erkennen. Nee, denk ich. Anders noch. Schlimmer. Anstatt zu sehen, was der Fall ist. Statt die Welt zu sehen, nur sich selbst sehen. Alles egal, nur man selbst nicht. Dann isses doch besser, wenn alles egal ist. Vor allem man selbst. Isses aber erst jetzt. Nur isses mir jetzt nicht mehr egal. Blöd.

002.   Geh ich raus auf n Flur. Klopf gegenüber. Macht Schmitt auf. „Was wollnse?", fragt er. „Schon gehört?", frag ich. Halt ihm den Zettel unter die Nase. „Hm, hm." Sagt er. „Ab heute isses egal." „Wie jetzt?", frag ich. „So halt", sagt er. „Und jetzt?" frag ich. „Vielleicht nur Hörensagen", sagt er. „Egal ist egal." „Also weitermachen?", frag ich. „Machense wasse wolln", sagt er. Sowieso, denk ich. Und: Klar, egal ist egal. Grad wenns nur Hörensagen is. Aber: Wenns ab jetzt egal ist, wars gestern nich egal. „Was machn Sien grad?", frag ich. „Arbeit", sagt Schmitt. „Freizeit", sagt er. „Frau, Kinder, Hund. Ab und zu Kino", sagt er. Klingt n bisschen egal, denk ich. „Sonst noch was?", fragt er. „Muss dann auch wieder." „Wohin?", frag ich. „Gehtn Sie das an?", fragt er. „Eigentlich nix", sag ich. „Will halt wissen, was andere jetzt machen. Also wenns egal ist." „Is doch auch egal", sagt er. „Klar", sag ich. „Vorher. Finds jetzt aber nicht mehr egal." „Ah", sagt er. „Auch so einer." Guck ich. „Vorher auf Außenseiter gemacht, weil alle anderen ja eh doof", sagt er. „Und jetzt gemerkt, selber einer von den Doofen zu sein." „Doofen?", frag ich. „Ja", sagt er. „Sie sind doch einer von denen, die alle anderen für doof halten", sagt er. „Nur weil uns nix egal ist", sagt er. „Weil wir die Mülltonnen zurechtrücken. Weil wir sonntags das Auto waschen. Weil wir samstags Rasen mähen. Weil wir pünktlich die Steuererklärung machen. Weil wir Regeln gut finden", sagt er. „Wasn für Regeln?", frag ich. „Alle", sagt er. Und: „Was soll denn sein,

wenns keine Regeln gäbe. Dann wärs doch allen egal. Dann würds doch nur Ärger geben", sagt er. „Ja", sag ich. „Aber Regeln sind ja jetzt auch egal", sag ich. Zuckt er die Schultern. Macht die Tür zu. Geh ich wieder zu mir. Les den Zettel nochmal. Muss ich jetzt überhaupt noch was machen? Is vielleicht echt nur Hörensagen. Nur n Gerücht. N Jux.

003.   Geh online, um nachzusehen. Fragt mich Facebook, was ich grad mache. Bei Instagram die üblichen Filter. Twitter sucht noch nachm Hashtag. Google ichs halt kurz. Find nichts. Egal ist egal. Kann nicht sein, denk ich. Wasn mitn Medien? Geh also raus. Klassisch: Zeitungsstand. Bild hat drei Gründe für die Pleite von irgendwem. Faz über Krieg. Dann noch Innenpolitik. Zeit redet übers Auto. Welt hat irgendwas mit Angst. Titanic kalauert. Dasselbe woanders. Überall. Nix sonst. Alles egal, denk ich. Nehm mir so n Blättchen. Such die Nummer raus. Ist n Typ dran. „Ja", sagt er. „Wissen wa", sagt er. „Is aber keine Meldung", sagt er. „Wie?", frag ich. „Weils nur Hörensagen is?" „Ne", sagt er. „Noch einfacher", sagt er. „Zweck kannte eh keiner. Konnte keiner kennen. War also egal. Früher. Heute. Morgen." „Soll jetzt aber amtlich sein", sag ich. „Interessiert nicht", sagt er. „Egal bleibt egal." Zweck zu kennen find ich schon wichtig, denk ich. Leg auf. Guck. Is da ne Bushaltestelle. Plastiksitze. Große Plakatwand. Soll was kaufen. Kann nicht erkennen was. Könnte Shampoo sein. Könnte n Fernseher sein. Sitzt n alter Mann davor und guckt auf n Fahrplan. Hat n Netz Mandarinen dabei. Auf der Anzeige oben drüber sagense alle Busse ab. Baustelle. Umleitung. Irgendsowas. Alter Mann guckt weiter auf n Plan. Geh ich zu ihm. Will helfen. Erklär wies ist. Nix fährt und so. „Danke", sagt er. „Eh nicht so wichtig." „Jetzt oder vorher", frag ich. Vorher, nachher, is egal, sagt er. Ich mein vor dem Zettel,

sag ich. Alles irrelevant und so, sag ich. Ah, sagt er. Der Zettel, sagt er. Hab den zuhause liegen gelassen, sagt er. Ja, ich sag ich. Ich auch. Aber: Wasn damit? Hamse ne Meinung?, frag ich. Zuckter mit den Schultern. War Ihnen zumindest nicht egal, mir zu helfen, sagt er. Auch wenns mir egal war, sagt er. Aber das is ja auch egal, sagt er. Also doch alles egal?, frag ich. Ihnen vielleicht, sagt er.

004.   Seh ich hinter ihm ne Kirche. Ja, denk ich. Denen gings doch um nix anderes, denk ich. Will rein. Aber: Geschlossen. Hm, denk ich. Dreh mich um. Steht da einer. Braune Hose. Schwarze Jacke. Lange Haare. „Wollnse hier?", fragt er. „Ma reingucken", sag ich. „Gläubig?", fragt er. „Nee", sag ich. „So halt." „Kommense ma", sagt er. Geht um die Ecke. Hinten steht n kleines Häuschen. „Pfarrer?", frag ich. Nickt er. Im Haus dann: Gelbes Sofa. Bunter Teppich. Weiße Regale. Jede Menge Bücher. Jesus hier. Jesus da. Typ tippt auf eins. „Der hier", sagt er. Ja, geschnallt: Jesus halt. „Zweck erfüllt. Trotzdem weitergemacht", sagt er. „Also?", frag ich. Sagt er nix. Guckt nur. Wirds mir zu bunt. „Hat sich jetzt aber auch erledigt", sag ich. Kneift der Pfarrer sein Gesicht zusammen. „Pfft", sagt er. Geht hinten irgendwo ne Tür auf. Kommt ne kleine Frau rein. Hat gesoffen. Kann ich riechen. Drückt sich am Pfarrer vorbei. Steht dann Nase an Nase vor mir. „Wir denken uns schon was Neues aus", sagt sie. „Wie: neu?", frag ich. „N neuen Zweck", sagt sie. „Was warn der alte?", frag ich. Starrt sie mich an. Guck ich zum Pfarrer rüber. Tippt der sich an die Nase. Rumms. Hat die Frau ne Bibel vor meine Füße geknallt. Steht alles hier, sagt sie. Alles?, frag ich. Komplett, sagt sie. Nimmt das Buch und drückts mir in die Hand. Hm, denk ich. Und: Aber. Kommt se noch n Stück näher. Guckt ziemlich bös. Sag ich lieber nix. Tja dann, sagt der Pfarrer. Und wenns nur Hörensagen is?, frag ich. Hamwa was in petto, sagt die Frau. So?, frag ich. So!, sagt sie. Dreh

ich mich um. Geh raus. Zur Straßenbahn. Ma guckn obs in der Stadt genauso egal ist.

005.   Steig ein. Vor dem Fenster: Paar Leute. Paar Häuser. Paar Autos. Bisschen Grau. Bisschen dreckig. Bisschen grün. Seh ich n paar Typen anner Bude Currywurst essen. Tragen alle Rennradtrikots. Rasierte Beine. Das volle Programm. Tropft die Soße auf die Pedale. Weg sindse. Jetzt n paar Fenster. Unibib. Gesichter in Büchern. Schauen nicht auf. Weiter gehts. Wieder Fenster. Diesmal nummeriert. Frauen in Unterwäsche lächeln auf die Straße. Alles normal, denk ich. Dann Wiese. Schafe. Kühe. N Hund. Steht da einer. Guckt mich an. Seh noch wie er n Mantel aufmachen will. Greift so an den Gürtel. Weg isser. Dann n Bahnhof. Zug hält nicht an. Fährt einfach durch. Egal, oder was? Leute guckn nich ma. Is vielleicht echt kein Halt hier. Nur einer sieht hoch. Ganz kurz. Dann aber wieder runter. Wie alle andern. Gucken runter. Aufs Handy. Auf die Schuhe. Auf den Boden. Liegen viele Kippen rum. Bisschen Müll. Ne alte Jacke. Dann wieder nur Schienen. Teilen sich. Verdoppeln sich. Alles zum Quadrat. Dann Wurzel 2. Dann wieder nur eine Schiene. Dann is die auch weg. Mathe müsst man können, denk ich. Also so richtig. Dann würds man vielleicht schnallen. Oder alles wär noch schlimmer. Also noch schlimmer also sonst sowieso.

006.   Kommt der Schaffner. Fahrkarte, sagt er. Wieso?, frag ich. Weilse hier sind, sagt er. Is aber doch egal, sag ich. Was?, fragt er. Alles, sag ich. Inklusive Fahrschein, sag ich. Nee, sagt er. Geht so nich, sagt er. Wie denn dann?, frag ich. Weiß er auch nich. Müsster mal beim Chef nachfragen. Typ neben mir nickt. Nick ich auch. Quatscht der Schaffner lange am Telefon. Kommt dann wieder. Also Fahrscheine sind nich egal, sagt er. Geht nur ums große Ganze, sagt er. Scheiße, sag ich. Alles ist alles, sag ich. Sonst wärs ja nur n Jux, sag ich. Is aber kein Jux, sagt der Typ nebendran. Schaffner nickt. Typ nickt. Nick ich auch. Hier glaubt keiner an Hörensagen. Und jetzt?, fragt der Schaffner. Gehnse weiter, sag ich. Vielleicht hat ja einer trotzdem bezahlt, sag ich. Merk schon: Der braucht ne Aufgabe. Ich auch?, denk ich. Nee. Nich wenns egal ist. Typ neben mir nickt immer noch. Hab auch keine Karte, sagt er. Hab n Monatsticket, sag ich. Ah, sagt er. Und: Hab nie ne Karte. Dann kanns ja egal sein, sag ich. Wasn?, fragt er. Na, ob alles egal ist, oder nicht. Also wenns vorher schon egal war, sag ich. Nickt er wieder. Nick ich auch. Warum hast n dein Monatsticket nich gezeigt?, fragt er dann doch. Weils egal is, sag ich. Hat ja keinen Zeck. Und: Ich hab immer schon Dinge gelassen, die keinen Zweck haben. Hat jetzt aber alles keinen Zweck mehr. Ja, sag ich. Aber wie willste denn alles lassen?

007.   Steig dann aus. Fängt an zu regnen. Such nach was zum Unterstellen. Steh dann drunter. Hörts wieder auf. Geh ich aufn Platz. Weiß nich genau, was ich tun soll. Alles wie immer. Leute laufen rum. Hunde kacken in Beete. Lauf ich einmal um n Platz rum. Nichts. Tun alle wie immer. Vielleicht weil keiner weiß, wie es geht, nix zu tun. Würd gern mal einen fragen. Vielleicht weiß ja einer was. Da vorne. Die Frau da. Tschuldigense, sag ich. Gucktse nur. Alte Frau. Taschen voller Einkäufe. Wissense was los ist?, frag ich. Was soll los sein?, fragt sie. Na, was solln wa denn jetzt machen?, frag ich. Nix, sagt sie. Ist doch klar. Weil, hat ja keinen Zweck, sagt sie. Aber wie geht denn nix?, frag ich. Zucktse die Schultern. Muss ich ma meinen Sohn fragen, sagt sie. Der kennt sich aus. Womit?, frag ich. Mit Mathe, sagt sie. Ah, sag ich. Mathe. Ja, sagt sie. Können wa vielleicht ausrechnen, wies jetzt weitergeht. Solls denn weitergehn?, frag ich. Ging doch immer weiter, meint sie. Rafft sie die Tüten hoch. Prall gefüllt. So kurz vorm reißen. Brauchense Hilfe?, frag ich. Geht schon, sagt sie. Und dann so: Tschüss. Tschüss, sag ich. Und grüßense ihren Sohn. Gucktse nur so über die Schulter. Ja, fands dann selber auch komisch.

008.   Steig ich wieder in die Bahn. Fahr nach Hause. Tu ich halt auch wie immer. Im Treppenhaus renn ich in Schmitt. Wirre Haare. Irrer Blick. Nanu, denk ich. Doch nich egal? Frau is weg, sagt er. Helfense mir, sagt er. Wink ich ihn rein. Guckt er sich um. So mit hochgezogener Braue. Überseh ich. Biet Gin an. Will er. Also: Setzen. Trinken. Von vorn, sag ich. Ja, sagt er. Will zur Arbeit, sagt er. Ruf ich kurz vorm Rausgehen noch: Schönen Tach. Und: Bis heut Abend. Hm, sag ich. Aber kommt nix zurück, sagt er. Liegt die Frau im Bett. Heult, sagt er. Warum, frag ich. Ja, sagt er. Warum? Hab ich auch gefragt. Trinkt er n Schluck. Sie so: Wollt immer was machen. Jetzt isses egal, sagt er. Was wolltese denn machen?, frag ich. Ja, sagt er. Was? Hab ich auch gefragt. Noch n Schluck. Sie so: Alles. Also nix, sag ich. Guckt er. Alles geht nich, sag ich. Entweder entscheiden. Oder lassen, sag ich. Kann sein, sagt er. Ist jetzt aber trotzdem weg. Kam sonst nichts?, frag ich. Nur eins, sagt er. Trinkt aus. Mit dir ist alles egal geworden, hat se noch geschrien. Und dann raus. Aha, denk ich. Frust, denk ich. N Gefühl von Reue, denk ich. Hat Schiss ihr Leben in n Sand gesetzt zu haben. Ja, denk ich. Müsst doch jedem so gehen. Mir auch?, denk ich. Schmitt quatscht dazwischen. Helfense mir sie zu finden? Ja, denk ich. Nick ihm langsam zu. Scheint die einzige zu sein, die es juckt. Also hinterher. Ist zwar egal. Wie alles sonst. Aber dann kann ichs auch machen, denk ich. Steh auf. Schmitt tuts mir nach. Zieh mir n roten Bademantel an.

Gelbe Gummistiefel. Pelzmütze. Guckt er komisch. Ist doch egal, sag ich. Nickt er. Zieht sich die Hose aus. Bindet sich die Hosenbeine um die Stirn. Springt mir auf n Rücken. So gehts raus auf die Straße. Frag ich beim Laufen: Was hat se denn so gemacht? Normal, sagt er. Kleinstadt. Studium. Großstadt. Job gefunden. Heirat. Kinder. Hausfrau. Kinder ausm Haus. Hobby gesucht. Städtereisen gemacht. Zuletzt Koblenz. Klar, denk ich. Und wo gehtse hin? Nich nochmal nach Koblenz. Eher im Gegenteil. Aber: Was n das Gegenteil von Koblenz? Gibts nicht, denk ich. Schmitt wird außerdem sauschwer. Lass ihn runter. Gehen dann nebeneinander. Keiner sagt was. Was auch? Versuch beim Gehen nicht die Rillen zwischen den Steinen zu treffen. Klappt nicht immer. Liegt vielleicht am Gin. Vielleicht sind wir auch zu schnell. Geh deshalb langsamer. Schmitt auch. Bleiben dann irgendwann stehen. Guck ich hoch. Über uns n Schild. Bar Krokodil. Können auch erstmal Einen trinken, denk ich. Is ja egal. Denkt Schmitt wohl auch. Gehen wir rein. Bestellen Gin. Schließlich isses gut, dabei zu bleiben. Fragt der Barmann: Welchen? Is egal, sag ich. Nee, sagt er. Holt ne dicke Karte raus. Guck ich. Steht da: TEANQUERAY LONDON DRY, BOMBAY SAPPHIRE, DUKE MUNICH, HENDRICK'S, LONDON NO. 1 BLUE, BLACK, BLACKWOOD VINTAGE, BULLDOG LONDON, MOM, FERDINAND SAAR, FILLIERS 28, MARE, BRANDSTIFTER, HEIDELBERG, LAW IBIZA,

MONKEY 47, TONKA, SIEGFRIED RHEINLAND, ELEPHANT LONDON, CLOUDS BIO, SUL, BROOKLYN. Dann hör ich auf zu lesen. Solln das?, frag ich. Gin is nich egal, sagt der Bartyp. Alles is egal, sag ich. Gin nich, sagt er wieder. Beugt sich Schmitt übern Tresen. Zimmert ihm kräftig eine. Fällt der Bartyp hinten um. Pissnelke!, schreit Schmitt. Guck ich. Alles egal!, schreit Schmitt. Nimmt sich n Hocker. Wirft ihn gegen die Gläser in den Regalen. Steh ich auf. Drück mich an die Wand. So zur Sicherheit. Tickt Schmitt weiter aus. Nimmt sich noch n Hocker. Drischt auf die Theke ein. Irgendwann hat er nur noch n Bein inner Hand. „Los gehts", schreit Schmitt. Rennt mit dem Bein nach draußen. Renn ich hinterher. Mittlerweile dunkel geworden. Schmitt is schon die Straße runter. Leute gucken kaum. Keiner tut was. Scheint egal zu sein. Zwei Männer gehen vorbei. Quatschen. Irgendwas mit Sport. Oder Literatur? Oder Mathe? Keine Ahnung. Alles. Zuck ich die Schultern. Knot den Bademantel zu. Geh nach Hause. Soll Schmitt allein austicken.

009.   Steh vor meiner Tür. Hör Schritte. Dreh mich um. Kommt Schmitts Frau die Treppe rauf. Fette Sonnenbrille. Tausend Taschen. Ah, sag ich. Hamse gesucht. War einkaufen, sagt sie. Hab alles ausgegeben, sagt sie. Und?, frag ich. Geld weg, is egal, sagt sie. Die ganze Scheiße besitzen: auch egal. Hm, denk ich. Wo isn mein Mann, fragt sie. Is mim kaputten Barhocker ohne Hose die Straße runter, sag ich. Nickt sie. Ficken?, fragt sie. Jetzt?, frag ich. Zucktse die Schultern. Geht rein. Lässt aber die Tür auf. Versteh den Wink. Geh trotzdem zu mir. Schließ die Tür. In der Wohnung dann: Stiefel aus, Mantel aus, Hose aus. Bier auf, Fernseher an. Rückenlehne zurück. Füße hoch. Läuft ne Seifenoper. Sagt einer: Ohne dich ist alles egal. Sagt n anderer: Fünf Mark ins Phrasenschwein. Schalt ich den Fernseher aus. Hör wieder was. Oben rumpelts. Kenn ich. Sind Kinder. Stell mich ans Fenster. Draußen schreiense. Leute halt. Bahn fährt vorbei. Polizeisirene. Kann auch Feuerwehr sein. Dann n Lastwagen. N Junggesellenabschied. N Paar kurz vor der Trennung. N Hund. Wieder n Wagen. Dann alles von vorn. Vielleicht doch nur n Gerücht. Also: Leg ich mich. Greif nach links. Hol mir ne Decke. Greif nach rechts. Hol mir die Fernbedienung. Rutsch in die Küche. Hol mir was zu essen. Find ne Tupperdose mit Butterbroten. Richt mich ein. Soll länger dauern diesmal. Horizontal festgelegt. Öffne die Dose. Der Käse ist alt. Das Brot trocken. Könnte bisschn Butter vertragen. Vergessn einzukaufen. Sammel Spucke

im Mund. So gehts. Fernseher wieder an. Kauen. Gucken. Seifenoper vorbei. Umschalten. Werbung.

0010. MACHT – 5. Stock

0011. Lieg ich zuhause aufm Rücken. Spannts hinten. Klar, denk ich. Gestern vergessn Uniform auszuziehen. So ne Schluderei. Ging aber gestern nich anders. Keine Ahnung warum. Normalerweise immer dasselbe: Feierabend, Ausstempeln, mitm Zug nach Hause, Schuhe aus, bürsten, ins Regal, dann Jacke aus, bürsten, Kleiderhaken, in'n Schrank, Hose wechseln, Uniformhose bürsten, Kleiderhaken, Schrank, bequeme Sporthose an. Danach Küche. Gemüse dünsten. Mineralwasser filtern. Teewasser aufsetzen. Bücherregal. Les grad ne Napoleon-Bio. Wasn Mensch. Pflicht und Ordnung. Gemüse fertig. Tee zieht. Aufn Sessel. Lesen. Essen. Dann Zähneputzen. Schlafanzug liegt aufm gemachten Bett. Anziehen. Aufn Rücken legen. 5.30 geht der Wecker. Jeden Tag. Außer Mittwoch. Der ist frei. Eigentlich wär wie bei allen sonntags frei. Mag aber die Sonntagsschicht. Is schön ruhig. Heute is aber nich Sonntag. Und heute is auch nich Mittwoch. Heute ist. Was isn heute? Wälz mich rum. Steh auf. Geh in die Küche. Kalender weg. Wasn los hier? Setz Teewasser auf. Klopfts. Guck ich. Keiner da. Aber: Zettel an'er Tür. Zitat: ALLE HABEN IHREN ZWECK ERFÜLLT. JEDWEDE VON WEM AUCH IMMER DURCHGEFÜHRTE MASSNAHME, TÄTIGKEIT ODER HANDLUNG WIRD GEMÄSS RAHMENVETRAG AB SOFORT ALS IRRELEVANT BETRACHTET. Dreh den Zettel. Sonst nix. Kann nich sein, denk ich. Aber denk ich nur. Fühlt sich nämlich so an. Kann denken, was ich will. Merk, dass es wahr ist. Dass es stimmt. Dass alles egal ist. Außer, klar, meine Uniform. Kann ja nich egal sein. Is ne Uniform. Is ne Metaform. Steht außerhalb vom Normalen. Von allem. Kann nich egal sein. Hm. Aber wenn doch?

0012. Krieg n bisschen Panik. Weiß aber, was dagegen hilft. Anziehen. Routine. Alles normal. Alles auf Anfang. Okay, bin halt aufm Boden aufgewacht. In Uniform geschlafen. Passiert. Weitermachen. Uniform ausziehen. Bürsten. Dann Badezimmer. Duschen. Zähne putzen. Uniform nochmal bürsten. Sicher is sicher. Dann anziehen. Leise aus der Wohnung. Unter mir wohnt n Junge. Krank. Also: leise sein. Gehört sich so. Auch wenn alles egal ist. Geh die Treppe runter. Nachbarn quatschen. Halten sich den Zettel hin. Bemerken mich nich. Trotz Uniform. Doch egal? Warn einfach zu vertieft. Is okay. Plötzlich rennt der Junge durchs Treppenhaus. Rennt mich fast um. Will noch rufen. Isser schon weg. Raus. Geh dann auch raus. Auf die Straße. Weiter zur Bahn. Schicht fängt bald an. Draußen alles wie immer. Keine Panik. Gut, denk ich. Gut für die Leute. Ham ja nich alle ne Uniform. Ham ja nich alle so ne Sicherheit. Sowas zum Festklammern. Ham ja normalerweise nur so n Job. So n Job, den niemand braucht. Also meistens. Büro und so. Außer Verwaltung alles Mist. Denn wo kommwa denn hin? Also muss doch jemand verwalten. Sind doch viel zu viele. Viel zu viele Leute. Müssen verwaltet werden. Müssen geordnet werden. Ansonsten is doch alles egal. Oder sinds zuviele? Zuviele Leute und deshalb isses egal geworden? Stand ja nich drauf, warum alles egal ist, jetzt. Vielleicht weil wir zuviele sind. Solln sich andere drum kümmern. Muss arbeiten gehen.

Kontrollieren gehen. Ohne Kontrolle ist's wirklich egal. Darf nich sein.

0013. Kollegin kommt. Grüßt kurz. Sieht die Uniform. Nickt. Will weitergehen. Halt, sag ich. Wollense nich mein Ticket sehen?, frag ich. Gucktse nur. Ham doch ne Uniform an, sagt sie. Ja, sag ich. Aber kann sein, is geklaut, sag ich. Soll trotzdem kontrollieren, sag ich. Gut, sagt sie. Ticket? Hols raus. Zeigs ihr. Gucktse kaum. Wasn los?, frag ich. Hamses nich gehört, sagt sie. Alles egal. Wollt erst gar nich kommen, sagt sie. Also zu Arbeit kommen. Wenns doch egal ist. Wasn das für ne Einstellung, sag ich. Nur weils n bisschen egal geworden is, kannse ja nich aufhören. Womit?, fragt sie. Mit allem, sag ich. Und: Solang die Uniform im Schrank hängt, so lang bedeutet sie doch auch was, sag ich. Stimme zittert n bisschen. Also ganz ehrlich, sagt sie. So richtig was bedeutet hat ja eh nix, sagt sie. Bleibt mir die Stimme weg. Kanns nich fassen. So ein Quatsch, sag ich. Gerade weils jetzt egal ist, muss es ja was bedeutet haben, sag ich. Was sowieso egal is, kann ja nich noch egaler werden. Guckt sie nur. Ja, denk ich. Bin selber verwirrt. Okay, sagt sie. Geht weiter. Kontrolliert aber nich. Obwohl alles voller Leute is. Scheint niemanden zu interessieren. Klar, denk ich. Leute wollen ja eh nich kontrolliert werden. Hat sich ja vorher auch niemand, fast niemand, dran gehalten. Also an Regeln gehalten. Und jetzt wird's schlimmer. Jetzt will keiner mehr irgendwelche Regeln beachten. Oder? Steht einer auf. Hat Mandarinen dabei. N ganzes Netz voll. Setzt sich neben mich. Bietet mir eine an. Nee danke, sag ich. Mandarinen ham viele

Vitamine, sagt er. Is wichtig, sagt er. Kann sein, sag ich. Hab grad andere Probleme, sag ich. Wasn für Probleme?, fragt er. Na hier, sag ich. Guckense doch mal. Guckter einmal durch die Bahn. Kann nix erkennen, sagt er. Sind doch alle da, sagt er. Wie jetzt?, frag ich. Alle da. Naja, sagt er. Wenn alle da sind, is doch alles okay, sagt er. Hauptsache nich allein, sagt er. Fängt an ne Mandarine zu schälen. Bitte keinen Müll rumliegen lassen, sag ich. Lächelter mich an. Steht auf. Steigt aus.

0014. Am Betriebshof dann: Alles dunkel. Niemand da? Ruf ich mal rein. Hey, ruf ich. Hey, kommts von hinten. Schichtleiter is da. Wenigstens, denk ich. Geh nach hinten. Sitzt am Schreibtisch. Tisch is voller Papiere. Chaos. Schichtleiter sieht aus wie ne ausgequetschte Mandarine. Durchgemacht?, frag ich. Hebt er n Kopf. Rote Augen. Nee, denk ich. Heult. Guck ma hier, sagt er. Stimme ganz kehlig. Hebt n paar Zettel rauf. Schichtpläne. Alles durchgestrichen. Irgendwas draufgekritzelt. Versteh schon. Schichtpläne egal geworden. Schaut er mich an. Steht auf. Umarmt mich. Danke, sagt er. Danke, dass du da bist, sagt er. Seit wann wird n hier geduzt?, denk ich. Hier is niemand, sagt er. Niemand. Nachtschicht macht fertig, sagt er. Aber die hams ja auch nich gewusst, sagt er. Und seits alle wissen, ist Ruhe. Als ob es allen egal is, sagt er. Ja, denk ich. Is ja auch egal. Sag's aber nich laut. Lieber nicht. Bin ja selber fertig. Lieber ablenken. Nach'er Schicht fragen. Also, sag ich. Welche Route?, frag ich. Lächelt er. Also, sagt er. Jetzt müssenwa ma schauen, sagt er. Weil, is ja niemand hier. Nur du. Sie, sag ich. Sie?, fragt er. Nur Sie, sag ich. Würd gern professionell bleiben, sag ich. Gibt ja immer noch Umgangsformen, sag ich. Lächelt er nochma. Scheint ihm zu gefallen. Ja, sagt er. Noch is nich alles egal, sagt er. Freu mich über Ihr Pflichtbewusstsein, sagt er. Und wennse wolln, dürfense heute doppelte Pflicht erfüllen, sagt er. Doppeltschicht?, frag ich. Dreifach, vierfach, wiese wolln, sagt er. Gibt niemand sonst. Also? Okay, denk ich. Bekomm vielleicht beim Arbeiten alles in'n Griff. Nehm alles, sag ich. 24 Stunden. Volles Progamm. Sehr gut, sagt er. Dann geht's los mit der 1, sagt er. Und dann einfach so weiter. Ringbahn. Hier die aktuellen Pläne. Gibt mir n Zettel. Meld mich, falls sich was ändert, sagt er. Gut, sag ich. Will gehen. Greifter meine Hand. Danke, sagt er. Werd fürn Bonus sorgen, sagt er. Nick ich nur. Geh dann zur 1.

0015. 1 steht noch im Hof. Jürgen fährt. Raucht aber noch eine. Guck auf die Uhr. Müssenma, sag ich. Nickt er. Zieht nochmal an der Zigarette. Bisschen mehr als die Hälfte is noch dran. Zieht. Und zieht. Zieht die halbe Zigarette ein. Hustet. Pustet fast ne Minute lang den Rauch aus. Respekt, denk ich. Ganz schön Lungenvolumen für so n Kettenraucher. Jürgen steigt ein. Geh hinterher. Setz mich erstmal vorne rein. Bahn rückt an. Jürgen sagt kein Wort. Gut so, denk ich. Warum auch sprechen. Worüber sprechen. Is doch egal. Bin trotzdem nervös. Jürgen gibt Gas. Ruckelt ordentlich in die Kurve. Guck rüber zu ihm. Ist entspannt. Keine Regung. Da kommt die erste Ampel. Rot. Also dieses Bahnrot. Wisst schon. Diese Bahnampeln halt. Können nur Zugführer lesen. Bahn ruckelt drauf zu. Wird jetzt noch schneller. Seh die Autos auf der Kreuzung. Jürgen sieht die auch. Muss er sehen. Is egal oder was? Sind jetzt kurz vor der Ampel. Da wird's grün. Gerade so. Erster Halt. Jürgen steigt in die Eisen. Schleuderts mich n bisschen vor. Kann mich halten. Alles gut. Türen gehen auf. Leute steigen ein. Frauen, Kinder, Alte, Junge, alles dabei. Scan einmal die Gesichter. Kann meist erkennen, wer ohne Ticket ist. Um die Zeit ist meist alles sauber. Omas haben Monatsticket. Kinder Schülerticket. Lohnt noch nicht. Bleib noch n paar Stationen sitzen. Jürgen gibt wieder Gas. Diesmal direkt. Wusst gar nicht, was in so ner Bahn steckt. Typisches Quietschen. Viel lauter als gewöhnlich. Schon kommt die nächste Kreuzung.

Wieder rot. Bleibt rot. Immer noch. Kommen näher. Immer noch rot. Jürgen! Brettern auf die Kreuzung. Opel Corsa kreuzt. Passt aber. Geschafft. Nächster Halt. Voll in die Eisen. Alle rutschen nach vorn. Bisschen Gemurmel. Kinder lachen. Bin der einzige mit nem Schreck in der Hose. Tipp Jürgen auf die Schulter. Reagiert nicht. Jürgen, sag ich. Bleib ma locker, sag ich. Guckt er mich an. Okay, sagt er. Is ja egal, sagt er. Alles klar, denk ich. Vielleicht doch lieber schnell kontrollieren und in die nächste Bahn. Geh also durch. Lass mir die Tickets zeigen. Jürgen brettert weiter. Diesmal bisschen langsamer. Steig dann aus. Kaum draußen. Türen zu. Vollgas. Mensch Jürgen.

0016. Nächste Bahn is verspätet. Ziemlich verspätet. Bahnsteig füllt sich. Nix kommt. Paar Leute gehen einfach los. Schauen nich mal auf die Uhr. Müssen doch zur Arbeit, denk ich. Normalerweise wär jetzt voll der Aufstand. Normalerweise kämen die jetzt zu mir. Würden mich anquatschen. Würden schimpfen, drohen, ihre Wut über die Welt auf mich ergießen. Machen die aber nicht. Gucken einfach nur. Stehen rum. Warten. Oder gehen einfach die Straße runter. Kommt aber doch die Bahn. Birgit fährt. Langsam kommtse zum Stehn. Geh vorne rein. Birgit lehnt sich zu mir. Grinst. Na hallo, sagt sie. Biste heute gekommen, sagt sie. Klar, sag ich. Warum nich? So halt, sagt sie. Weil's egal ist, sagt sie. Du bist aber auch hier, sag ich. Hab heute eigentlich frei, sagt sie. Aber wenn's egal ist, kann ich auch fahren, sagt sie. Grinst. Kommt raus aus der Kabine. Umarmt mich. Küsst mich. Auf den Mund. Zunge draußen. Viel Spucke. Wollt ich schon immer machen, sagt sie. Guck ich. Dreht sie sich weg. Is genauso wie ich dachte, sagt sie. Setzt sich wieder in die Kabine. Fängt an, Nägel zu lackieren. Willste nich fahren?, frag ich. Klar, sagt sie. Kontrollier doch erstmal, sagt sie. Is doch bestimmt einfacher, wenn die Bahn steht. Joa, denk ich. Fang also an Leute zu kontrollieren. Immer noch früh. Immer noch Monatstickets. Birgit fährt immer noch nicht. Bin hier fertig, sag ich. Ja, sagt sie. Muss nur noch trocknen, sagt sie. Dann geht's los. Wedeltse mit den Fingern. Dauert mir zu lang. Steig aus. Geh rüber. Will die nächste Bahn nehmen. Winkt Birgit ausm Fenster. Oder nich? Kann auch wegen der Nägel sein. Egal.

0017. Jetzt geht's in ne andere Richtung. Fahrer kenn ich nich. Noch nie gesehen. Aushilfe vielleicht? Will später fragen. Sind kaum Leute in der Bahn. Fang an zu kontrollieren. Fahrkarte, sag ich. Wieso?, fragt einer. Weilse hier sind, sag ich. Is aber doch egal, sagt er. Was?, frag ich. Alles, sagt er. Inklusive Fahrschein, sagt er. Ne, sag ich. Geht so nich, sag ich. Wie denn dann?, fragt er. Weiß nich, sag ich. Müsst mal beim Chef nachfragen. Typ daneben nickt. Ruf ich n Schichtleiter an. Hier, sag ich. Einer ohne Ticket. Sagt wär egal. Weil alles egal. Langer Seufzer. Scheint genervt zu sein. Weiß auch nich, sagt er. Aber so rein logisch, sagt er. Also von der Logik her, dürft nur das Große Ganze egal sein. Tickets halt nich. Ja, sag ich. Macht Sinn, sag ich. Geh dann wieder hin. Also Fahrscheine sind nich egal, sag ich. Geht nur ums große Ganze, sag ich. Scheiße, sagt der Typ. Alles ist alles, sagt er. Sonst wärs ja nur n Jux, sagt er. Is aber kein Jux, sagt der Typ nebendran. Hm, denk ich. Kann nur nicken. Typ nickt. Und jetzt?, frag ich. Gehnse weiter, sagt der Typ. Vielleicht hat ja einer trotzdem bezahlt, sagt er. Merk schon: Das war's. Das gibt mir den Rest. Merk die Ohnmacht. Fühl, dass es wahr ist. Kann nix machen. Zubbel kurz an der Uniform. Geh dann weiter.

0018. Gesicht wird warm. Heiß. Geh außer Sichtweite. Setz mich. Kommen die Tränen. Hat gerade noch gefehlt. Warum denn heulen, denk ich. Wenn's doch egal ist. Kann nich anders. War nie egal. War immer wichtig. War immer relevant. Musste relevant sein. Musste auch in Uniform sein. Und jetzt? Einfach so nich mehr? Kann das nich verstehen. Wie auch. Warum auch? Bleibt nur eins: Weitermachen. Los. Aufstehn. Kontrollieren gehen. Wenn heute irgendwer n Einzelticket hat. Dann isses immer noch wichtig. Dann isses nich egal. Dann gibt's immer noch Regeln. Dann läuft mein Leben wieder. Geh also in den nächsten Wagen. Bisschen zu schnell. Steht einer rum. Lauf schnell vorbei. Hey, ruft er. Wasn los, fragt er. Dreh mich um. Will nix sagen. Aber kann nich anders. Merk die Hitze im Gesicht. Fährt einer ohne Ticket, sag ich. Ja, sagt er. Passiert, sagt er. Ja, sag ich. Aber is dem egal. Wie?, fragt er. Ja, so halt, sag ich. Weil alles egal ist, sag ich. Tickets auch?, fragt er. Nee, sag ich. Chef meint, Tickets sind nich egal. Ja dann halt mal Strafe zahlen, sagt er. Guck ich nur. Unterlippe bibbert. Herzrasen. Schweißausbruch. Kann das jetzt nich. Schnell weg. Renn nach hinten. Irgendwo verstecken. Und ausm Versteck: Leute checken. Kenn doch die Leute. Irgendwer hat bezahlt. Muss einfach.

0019.   Hab die Mütze abgenommen. Fühl mich fast wie in Zivil. Seh paar Jungs reinkommen. Die haben kein Ticket. Weiß ich. Sehen mich. Gehen nach vorn. Egal. Noch ne alte Frau. Vollbepackt. Kenn ich. Wohnt in meinem Haus. Hat immer n Ticket. Dann: Familie. Vater. Mutter. Drei Kinder. Junge, Mädchen, Junge. So acht, sechs und drei oder so. Stolpern n bisschen rein. Merk schon: Die kennen sich nich aus. Die fahrn nicht oft Bahn. Vater kramt in den Taschen. Sieht mich. Wird hektischer. Zischelt der Frau was zu. Mutter fängt auch an zu kramen. Kinder stehen rum. Kleinster zieht sich die Schuhe aus. Mädchen klettert die Haltestange hoch. Der Große spuckt aufn Boden. Endlich hat der Vater was gefunden. Zerknülltes Stück Papier. Macht es glatt. Steckts in den Automaten. Zack. Abgestempelt. Spring ich auf. Frau nebendran erschreckt voll. Stolper übern Fahrrad. Flieg hin. Rappel mich auf. Sie da, sag ich. Hey, sag ich. Werd festgehalten. Häng mit der Ferse in den Speichen. Versuch mich loszureißen. Fahrrad fällt um. Gehört nem Mädchen. Wird sauer. Fängt zu schreien. Ey mein Rad Alter, schreit sie. Alle gucken. Niemand steht auf. Mädchen springt auf mich. Schlägt mir auf den Hinterkopf. Jetzt lass los du Arsch, schreit sie. Bahn wird langsamer. Familie fängt an zu packen. Will aussteigen. Nein, denk ich. Oh nein, ruf ich. Bahn hält. Tür geht auf. Ticket!, schrei ich. TICKET! Rappel mich auf. Familie schon am Bahnsteig. Ticket!, ruf ich. Vater dreht sich um. Guckt zu mir. Greift in die Tasche. Zeigt's mir.

Familienticket. Einzelfahrt. Heute gekauft. Ordentlich gestempelt. JA!, schrei ich. Und: Gottseidank! Vater tippt sich an die Stirn. So von wegen: Geht's noch? Is egal. Einzelticket. Einzelticket von heute. Muss weinen vor Glück.

0020. KRIEG – 4. Stock

0021. Lieg ich zuhause aufm Rücken. Spür ich meinen Kopf nich mehr. Bin sicher: Gestern konnt ich noch was spüren. Heute? Nich so. Liegt's am Gin? Nein. Kann nich sein. Gin ist Leben. Also: Aufstehn. Kopf dröhnt. Schwindel. Muss mich setzen. Gleich geht's wieder in die Bar. Vorher Frühstück. Aber deftig. Eier. Speck. Bohnen. Brauch was Festes. Gesund is okay. Muss aber nich sein. Will satt werden. Brauch ne Basis. Die Basis. Ohne geht's nicht. Ohne läuft der Gin nicht. Danach: Schublade auf. Scheine gezückt. Packung Kippen. Feuerzeug. Plötzlich irgendso n Geräusch. Wenn das jetzt wieder die Alte ist. Also die Alte ausm Ersten. Nervt hart. Wie die immer kreischt. Und stinkt. Also nach Parfum stinkt. Da kriegste das kalte Kotzen. Auch ohne Schädel. Aber scheint nich die Alte zu sein. Kommt aber vonner Tür. Guck ich. Fliegt n Zettel unten durch. Steht irgendwas: ALLE HABEN IHREN ZWECK ERFÜLLT. JEDWEDE VON WEM AUCH IMMER DURCHGEFÜHRTE MASSNAHME, TÄTIGKEIT ODER HANDLUNG WIRD GEMÄSS RAHMENVETRAG AB SOFORT ALS IRRELEVANT BETRACHTET. Und?, denk ich. Leg den Zettel irgendwohin. Muss jetzt eh los. Und wenn's egal ist. Dann ist es egal. Also anziehen. Und ab.

0022. Draußen dann komische Luft. Stinkt irgendwie. Nach Stadt. Nach Leuten. Nach Ekelhaftigkeit. Will schon länger weg hier. Miese Stadt. Mieses Haus. Miese Leute. Liegt vielleicht auch an mir. Mieser Typ. Aber hab ja meine Medizin. Hilft im Kampf. Im Kampf gegen – na – gegen was eigentlich? Gegen's Leben? Vielleicht. Gegen mich selbst. Auch das. Wie war das noch? Ernsthafte Selbstabschaffungsvorhaben? Gab es ja. Oft. Leider erfolglos. Wobei. Warum leider? Denn klar, alles hier ne miese Nummer. Aber noch mieser, sich deswegen abzuschaffen. Hätt ja dann verlorn. Will ich nich. Will gewinnen. Gegen alle. Gegen mich. Gegen die Selbstabschaffungsgedanken. Und ich werde gewinnen. Wie? Klar. Mit Gin. Und ja ja is klar. Alkohol und so. Ganz schlecht. Für Körper und Geist. Gab doch echt Leute. Also so Leute. Meinten, ohne Alk würds mir besser gehen. Aber: Ohne Alk hätt ich mich schon abgeschafft. Dann lieber Gin. Und ist ja auch mehr als nurn Getränk. Mehr als nurn Ding zum wegballern. Is ne Wissenschaft. Hat was poetisches. Wie n Gedicht. Nur wissenschaftlicher. Logischer. Wie ne Gleichung. Wie Mathe. So siehts aus. Guter Gin ist wie ne runde Mathegleichung voller Eleganz und Logik.

0023. Steh ich an der Haltestelle. Muss warten. Wart ja gern. Stimmt. Wart sehr gerne. Sehr gern. Also so richtig gern. Steh gern rum. Warte. Auf ne Bahn. N Bus. Auf Servicekräfte beim Bäcker – Restaurant – Klamottenladen. Wart halt gern. Find ich gut. Spür dann so richtig rein. So richtig rein in die Lebenszeit. Spür dann so richtig wie die so verschwindet. Fühlt sich gut an. Fühlt sich richtig an. Und is ja ab jetzt ja auch egal. Also alles. Lebenszeit sowieso. Kann also ruhig verschwinden. Anner Haltestelle. Inner stinkenden Stadt. Wo ich aufm Rücken lieg. Und jetzt arbeiten muss. Inner Bar. Ner alten Bar. Ner alten Bar mit ner großen Karte. Ner Ginkarte. Und das. Also das ist ma einfach nich egal. Kann nich egal sein. Wenn alles andere egal ist. Wenn Lebenszeit egal ist. Dann das nicht. Denk ich so. Steh da so. Und denk. Und n paar Leute stehen da auch so. Und denken vielleicht dasselbe. Oder auch nicht. Denken vielleicht: Boah, ist das schön. Also schön hier in der Stadt. Und ich. Ich könnte kotzen. Könnt kotzen beim Gedanken, wie die den Scheiß hier schön finden. Aber keine Zeit zum Kotzen. Kommt nämlich die Bahn. Steig ein. Kein Platz frei. Stell mich in n Gang. Bahn ruckelt los. Muss so ne Stange feshalten. Muss die klebrige Stange halten, damit ich stehn bleib.

0024. Und steh dann so. Steh in der Bahn. Draußen das übliche. Is bekannt. Stadt mit Stadtkram halt. Und in der Bahn. Typische Leute. Alte Frau mit so nem Karren. So nem grauen Plastikkarren für Einkäufe. Zieht die so hinter sich her. Plastikgriffe sind grau. Stoff ist rot. So bordeauxrot. So ne Karre gibt's. Lass mich lügen. So ne Karre gibt's irgendwo nur für alte Frauen. Hab noch nie junge Leute mit so ner Karre gesehen. Nur alte. Und nur Frauen. Und die sind alle Ü70. Immer. Und haben so beige Klamotten an. Und manche – ohne Scheiß – manche haben, also wenn's regnet, dann haben die so ne Plastikhaube auf. Das gibt's. Gibt's echt. Immer noch. Gabs in den Neunzigern. Und gibt's heute immer noch. Keine Ahnung, wo es so n Zeug zu kaufen gibt. Aber die ham das. Und ich steh so in der Bahn. Und seh das. Und dann kommt der Schaffner vorbei. Oder Fahrkatenkontrolleur. Und ich fummel schon so in meiner Tasche rum. Fummel so, weil ich halt meine Fahrkarte zeigen will. Aber nix da. Typ rennt einfach vorbei. Hey, ruf ich. Meine Karte, ruf ich. Guckt der nur. Völlig verheult. Rote Augen. Rotz hängt unter der Nase. So richtig fertig. Krieg ich n bisschen Mitleid. Wasn los, frag ich. Fährt einer ohne Ticket, sagt er. Ja, sag ich. Passiert, sag ich. Ja, sagt er. Aber is dem egal. Wie?, frag ich. Ja, so halt, sagt er. Weil alles egal ist, sagt er. Tickets auch?, frag ich. Ne, sagt er. Chef meint, Tickets sind nich egal. Ja dann halt mal Strafe zahlen, sag ich. Bibbert dem die Unterlippe. Dreht sich schnell weg. Rennt nach hinten. Weg isser. Warn das?

0025.   Steig ich aus. Muss noch n Stück die Straße runter. Ist fast n bisschen früh. Aber muss jetzt aufmachen. Hab früher n bisschen später aufgemacht. Weil: Wenn Gin, dann später. Aber gegenüber. Also gegenüber von ner Bar hat noch einer ne Bar aufgemacht. Und da gibt's Gin. Billiges Zeug. Allerdings mehr Sorten. Bar nennt sich „Gintastic". Wie so n mieser Friseur. Aber seither gibt's Krieg. Gin-Krieg. Hat nämlich immer ne Viertelstunde früher aufgemacht. Also früher als ich. Und dann waren da schon die Leute drin. Und dann gab's auch noch Tische vor der Tür. Erst nur so Stehtische. Dann wurd der Parkplatz besetzt. So richtig mit Bierbänken und allem Firlefanz. Und Blumenkübeln. Und die Ordnungshüte erst so: Hier komm, weg damit. Aber die Leute fandens mega. Also blieb das. Und die Leute blieben auch. Und kaum einer kam rüber. Ins Krokodil. Also dann jetzt halt früher aufmachen. Dann kommen die Leute erst ins Krok. Trinken da schonmal einen. Und dann erst. Also wennse schon n bisschen einen drin haben. Dann gehense rüber. Trinken die Billigplörre. Und merkens nichma. Weilse halt schon einen drin haben. Hol also schnell den Schlüssel raus. Und klapper son bisschen rum. Krieg den Schlüssel nich rein. Steht plötzlich einer neben mir. Älter schon. Hat n Netz Mandarinen dabei. Ganz ruhig, sagt er. Und legt so seine Hand auf meinen Arm. Und ich erst so: Ey! Aber dann, keine Ahnung, will dann doch lieber nich schreien. Was wollnse von mir?, frag ich dann so. Drückt der

Typ kurz meinen Arm. Holt ne Mandarine ausm Netz. Hier, sagt er. Wer viel trinkt, braucht viel Obst, sagt er. Is wichtig. Nix is wichtig, sag ich. Alles egal. Außer Gin?, fragt er. Ja, sag ich. Ganz genau, sag ich. Nickt er. Gibt mir trotzdem ne Mandarine. Stecktse so in meine Tasche. Dreht sich um. Geht. Leute gibt's.

0026.   Auf jeden Fall erstmal aufsperren. Licht an. Einatmen. Riecht gut. Endlich. Riecht richtig gut. Reicht nach Gin. Und Staub. Und Leuten. Guten Leuten. Leuten, denen es nicht egal ist. Die kommen nämlich auch. Die kommen ins Krok wegen dem Gin. Dem guten Gin. Und die bleiben auch. Sitzen am Tresen. Unterhalten sich. Über Gin. Über das Leben. Lebenszeit. Qualitativ hochwertig wird hier Lebenszeit verbraten. Kann auch mal ungemütlich sein. Macht nix. Is egal. Das ist egal. Alles andere nicht. Der Gin ist nicht egal. Bei mir nicht. Geh hintern Tresen. Hol mir n Lappen. Wisch einmal drüber. Stell n paar Gläser zurecht. Check die Flaschen. Check die Kasse. Geh ins Büro. Kleiner Blick in die Bücher. Geh ins Lager. Alles da. Alles voll. Muss erstmal nix bestellen. Alle Lichter an. Hol mir n Glas. Stell mich vors Regal. Erstmal einstimmen. Womit geht's los? Bombay. Ja. Schon immer der erste. Damit fings auch an. Bombay. Also einschenken. Weg exen. Noch einer. Lebenszeit runterschlucken. Draußen suchen die ersten nachm Platz. Gegenüber. Hat aber noch zu. Sehen mich. Sehen die Lichter. Kommen zu mir. Tür geht auf. Kann losgehen.

0027.   Und dauert nich lang: Volles Haus. Überall Leute. Alle trinken. Gin. Nur Gin. Hier gibt's kein Bier. Kein Wein. Kein Wasser. Nur Gin. Und Tonic. Das war's. Die Leute meinten: Geht's noch? Musst doch mehr bieten. Was isn, wenn einer ne Cola will? Nix da. Cola gibt's nich. Cola is egal. Hier geht's um mehr. Hier geht's ums gewinnen. Gegen wen? Gegen alles. Gegen mich. Gegen die Selbstabschaffung. Geht nicht mit Cola. Geht nur mit Gin. Hat auch funktioniert. Die Leute kamen. Kommen. Weil: Hier gibt's den besten Gin. Den besten Gin in Town. Und niemand schafft sich ab. Nicht hier. Also weitertrinken. Noch n Bombay? Why not. Rein da. Rauf da. Und drüben? Auch voll. Egal. Alles egal. Ist ja jetzt das Ding. Also alles egal. Dann auch, wenn's voll ist. Gegenüber. Is hier ja auch voll. Und ma ehrlich: Gibt genug für alle. Genug Gin. Genug Leute. Warum also? Warum kämpfen? Is vielleicht auch egal. Irrelevant. Einfach lassen. Bombay trinken. Weitermachen.

0028.   Geht die Tür auf. Kommen zwei Jungs rein. Sehen komisch aus. Bademantel. Der eine hat keine Hose an. Okay, denk ich. Is jetzt offenbar so. Is egal. Gibt zwar Regeln. Eigentlich. Aber vielleicht jetzt nicht mehr. Und wer sagt hier schon was. Sag also nichts dazu. Lasse erstmal reinkommen. Setzen sich. Wollen was trinken. Klar. Geb ich also die Karte. Gute Karte. Steht alles da. Das Beste. Liest der eine Typ nichma. Bestellt einfach. Nee, ne? Nich so. Sind hier nich im Gintastic. Hier geht's um mehr. Hier geht's um Achtsamkeit. Hier geht's um Gin. Gin is egal, sagt er. Ne, sag ich. Gin is nich egal. Guckt er mich an. So als ob er die Welt nich versteht. Will ich noch was sagen. Beugt sich der andere rüber. Der ohne Hose. Holt aus. Haut mir voll eine in die Fresse. Kann mich nich mehr halten. Fall hinten über. Sitz aufm Boden. Hinterm Tresen. Seh noch wie der Typ n Hocker nimmt. Drischt auf die Bar ein. Hat nur noch n Bein inner Hand. Also n Bein vom Hocker. Schmeißt es in die Gläser. Schreit irgendwas. Rennt raus. Der andere hinterher.

0029.　　Kommt eine hintern Tresen. Hilft mir hoch. Gesicht pulsiert. Schmerzt. Kipp schnell n Bombay. Wasn los? Was solln das? Alles egal geworden? Oder was? Kann doch nich sein. Reicht jetzt, denk ich. Wenns Leuten egal is, wennse ausrasten, dann is es echt egal. Dann reichts mir. Selbstabschaffung? Nein. Auch egal. Will nur noch liegen. Brauch das alles nicht. Leg mich also. Leg mich einfach hintern Tresen. Leg mich aufn Boden. Guckt immer mal wieder jemand. Guckt so übern Tresen. Runter zu mir. Is mir egal. Alles egal. Will nur liegen. Bombay trinken. Genug vom Kämpfen. Genug vom Krieg. Alles egal. Spielt keine Rolle. Hustet einer. Guck ich. Seh n Jungen. Vielleicht zehn. Kann auch älter sein. Guckt zu mir runter. Hätt gern den besten Gin. Den besten Gin überhaupt sagt er. Ja, denk ich. Dem ists nicht egal. Steh auf. Greif ins Regal hol. BOAR Premium Dry. Hab ich noch nich ma auf der Karte. Isn Geheimtipp. Gib ihm die ganze Flasche. Freu mich, wie'r sich freut. Und dann: Zieht's mich raus. Vor die Tür. Über die Straße. Ins Gintastic. Geh direkt an die Bar. Chef hat mich schon gesehen. Kommt vor. Schauen uns an. Drückter seine Stirn an meine. Drück ich zurück.

0031.   Lieg ich zuhause aufm Rücken. Vor mir die Küche. Hinter mir das Wohnzimmer. Dahinter der Flur. Darüber das Dach. Ganz unten der Keller. Das Haus ist grün. Steht inner geraden Straße. Die Straße ist kurz. Sie ist Teil von ner Stadt. Die Stadt steht in nem Land. Das Land gehört zu nem Kontinent. Der Kontinent ist auf der Erde. Die Erde ist ne Kugel. Ne dreidimensionale Kugel. Sie hat eine Oberfläche. Eine Sphäre. Die Sphäre erscheint zweidimensional. Sieht aus wie ne platte Karte. Lauf ich aber los, komm ich irgendwann wieder hier an. Is also geschlossen. Is endlich. Und ohne Rand. Is ne zweidimensionale geschlossene Sphäre. Gut. Versteh ich. Jetzt vermutet aber einer, das Universum is genauso. Nur noch ne Dimension höher. Die Sphäre vom Universum hat also drei Koordinaten. Nicht nur zwei, wie bei der Erde. Hat also eine nach vorn, eine zur Seite, eine nach oben. Aber wenns so ist, dann gibt's auch ne Kugel für so ne Sphäre. Eine vierdimensionale Kugel. Bisschen krass.

0032.   Stell mich hin. Lauf einmal im Kreis. Geh vom Wohnzimmer in die Küche. Wieder zurück. Guck nach links. Im Esszimmer steht die Tischtennisplatte. Hab den Esstisch rausgeräumt. Kommt eh keiner zum Essen. Will ich nicht. Lad' erst wieder einen ein, wenn ich weiß, wies geht. Wie ichs beweisen kann. Wie ich die vierte Dimension erklären kann. Geht noch nicht. Wird auch noch ne Weile dauern. Vielleicht geht's auch gar nicht. Weil man sichs nicht vorstellen kann. Weils zu abstrakt ist. Zu krass. Vielleicht aber doch. Nur wie. Setz mich aufn Stuhl. Reib die Hosenbeine. Obendrauf. Reib die Oberschenkel. Kann ich besser denken. Is aber vielleicht genau der Fehler. Muss vielleicht aufhören zu denken. Muss den Kopf leer machen. Alles ausfegen. Mehr noch. Alles zerstören. Vernichten. Zerbröseln und die Kleinteile eins nach dem anderen studieren und wieder zusammensetzen. Klingelt das Telefon. Mama ist dran. Grischa, sagt sie. Komm runter, sagt sie. Essen ist fertig. Gut, sag ich. Muss das Universum warten bis nachm Kaffee.

0033. Hörste mir überhaupt zu?, fragt Mama. Komische Art n Gespräch anzufangen, denk ich. Hab mit deiner Schwester gesprochen, sagt sie. Will uns besuchen. Nächstn Samstag. Hab ihr noch gesagt sie soll schönes Wetter mitbringen. Son Quatsch, sag ich. Wetter isn spürbarer kurzfristiger Zustand der Atmosphäre. Kann keiner mitbringen. Is einfach da. Rollt sie die Augen. Tu ichs ihr nach. Warum verdrehste denn jetzt die Augen?, fragt sie. Machste doch auch, sag ich. Drehtse sich um, nimmt n Teller, stellt ihn vor mich. Hör sie atmen. Tief. Schiebtse mir n Zettel vor die Nase. Schon gehört, fragt sie. Guck ich. Geschreibsel drauf. Zitat: ALLE HABEN IHREN ZWECK ERFÜLLT. JEDWEDE VON WEM AUCH IMMER DURCHGEFÜHRTE MASSNAHME, TÄTIGKEIT ODER HANDLUNG WIRD GEMÄSS RAHMENVETRAG AB SOFORT ALS IRRELEVANT BETRACHTET. Hm, denk ich. Wollts dir erst gar nich zeigen, sagt sie. Dacht dich interessiert eh nicht, sagt sie. Aber weil Du ja so hart arbeitest, dacht ich dann schon, so, vielleicht doch wichtig, sagt sie. Warum wichtig?, frag ich. Die Vermutung wär ja dann auch egal. Und Dein Beweis auch, sagt sie. Kann nich egal sein, sag ich. Geht ums Universum, sag ich. Kann nich egal sein. Im Radio hamse aber gesagt, dass jetzt wirklich alles egal ist, sagt sie. Und dann hamse Wham gespielt. Obwohl Juni is.

0034. Geh ich wieder hoch in meine Wohnung. Alles beim Alten. Universum vermutlich immer noch da. Vermutlich immer noch endlich. Vermutlich immer noch ne dreidimensionale Sphäre. Ne vierdimensionale Kugel. Kein Beweis in Sicht. Geh ich zum Plattenspieler und dreh auf. Thema in a-Moll. Violine vorn. Orchester hinten. Genug gehört. Den Rest kann ich summen. Normalerweise fällts mir dann ein. Also alles. Fang dann an zu summen. Werd lauter. Klopfts. Typ von gegenüber. Keine Haare, keine Lippen, kein Hals. Was solln das Geheule, fragt er. Introduction et Rondo capriccioso en la mineur von Camille Saint-Saens, sag ich. Lassense das, sagt er und geht. Hilft aber beim Denken, denk ich. Warum also lassen? Dreh aber doch lieber nur den Plattenspieler auf. Da klingelts. Diesmal im Kopf. Was isn ne Kugel?, denk ich. Nix anderes als n gekrümmter Raum. Nur wie krieg ich die Krümmung innen Griff? Seh ich aufm Boden n Tischtennisball. Schnapp ihn mir und lass ihn auf n Tisch fallen. Tick. Tick. Tick. Ping. Krieg ich ne Mail von Ruckschin. Will sich mit mir treffen. Gut, schreib ich. Gehen wir spazieren.

0035.   Ruckschin geht links von mir und redet über Literatur. Dann über Musik. Dann Sport. Schließlich Mathematik. Wo biste dran?, fragt er. Am Universum, sag ich. Läufts?, fragt er. Sag ich nix. Das mitm Universum ist so ne Sache, sagt er. Vielleicht könnenwa's nich verstehn. Guck ich ihn an. Vielleicht müssenwa erst uns verstehen, sagt er. Wen jetzt?, frag ich. Uns halt, sagt er. Die Menschen. – Menschen sind uninteressant, sag ich. Menschen sind unlogisch. Sind irrational. Sind Wurzel 2, sag ich. Und offenbar auch völlig irrelevant, denk ich. Seh dann im Augenwinkel wie einer ohne Hose mit nem Knüppel in der Hand die Straße runter läuft. Siehste, denk ich. Könnense ja nix für, sagt Ruckschin. Stimmt, sag ich. Müssen aber trotzdem ohne mich auskommen. Nickt er. Jetzt weiß er Bescheid, denk ich. Und wenn ich den Beweis gefunden hab, dann erst recht. Geht nämlich nicht um die Menschen. Die sind vielleicht egal. Zahlen aber nicht. Und Geometrien auch nicht. Können nicht egal sein. Weil: Lässt sich erklären. Lässt sich bestimmen. Vorhersagen. – Menschen nicht. Nicht ohne Weiteres. Und was sich nicht erklären lässt, darüber, hm, ja, darüber muss ich schweigen.

0036. Rukschin sagt auch nix mehr. Hör zumindest nix. Kann nur noch denken. Will wieder nach Hause. Muss den Beweis finden. Geh also weiter. Geh vor mich hin. Achte auf die Rillen zwischen den Bordsteinplatten. Acht drauf, genau auf der Rille zu gehen. Ja, genau: die Rille. Alle wollen immer nur auf die Platte treten. Aber in der Rille liegt die Wahrheit. Tret also auf die Rille. Oder will treten. Rollt ne Mandarine unter meinen Fuß. Rutsch fast aus. Flieg fast hin. Guck ich. Steht da einer. Hat n Netz Mandarinen dabei. Ist aufgerissen. Tschuldigense bitte, sagt er. Wolltse nich vom Denken abhalten, sagt er. Woher wollense denn wissen, was ich denke?, frag ich. Weiß ich nich, sagt er. Weiß nur, dass se denken, nicht was, sagt er. Gehtse auch nix an, sag ich. Stimmt, sagt er. Weil's egal ist. Was?, frag ich. Alles, sagt er. Inklusive was se denken. Jetzt hörnsemal, sag ich. Was ich denke, ist zumindest mir nicht egal, sag ich. Kann sein, sagt er. Nehmense ne Mandarine, sagt er. Dann fällt's denken leichter, sagt er. Nehm eine. Dreh se in der Hand. Endliche Sphäre. Will mich bedanken. Isser weg.

0037. In der Wohnung dann: Schuhe aus, Jacke aus, Plattenspieler an, Bleistift gezückt – kann losgehn. Versuch an nichts zu denken. Nichts ist egal. Alles ist egal. Menschen sind egal. Zahlen auch? Nein. Nein. Zahlen sind unendlich. Hören nicht auf. Sind ein Fluss. Ja! Jetzt! Ricci-Fluss. So krieg ich die Krümmung innen Griff. Krümmung verhält sich wie Wärme. Dehnt die Mannigfaltigkeit, wenn sie positiv ist. Und umgekehrt. Moment. Häh? Muss ich das verstehn? Nein. Verstehen ist egal. VERSTEHEN IST EGAL! Wichtig ist: Damit ist die Vermutung bewiesen. Das Universum ist endlich. Hat keinen Rand. Zeit ne Mail zu schreiben: Wir präsentieren einen monotonen Ausdruck für den Ricci-Fluss, der für alle Dimensionen ohne Krümmungsannahmen gilt. Undsoweiter. Ping. Ping. Ping. – Nichts. Leg nochmal nach: Damit ist die Poincaré-Vermutung bewiesen. Immer noch nichts. Einer noch: Eines der Millennium-Probleme des Clay-Mathematic-Instituts ist damit bewiesen. Von mir. Nur mal so: Das Ding war n Brocken. Nichts. Wird's mir zu bunt. Ruf ich Hamilton an. Ja, sagt er. Hab ich gesehen, sagt er. Hast meinen Ricci-Fluss benutzt. Schönes Ding, sagt er. Aber: Ist egal. Weil alles egal. Wir sind egal. Das Universum ist egal, sagt er. Hastes nich gehört? Zweck erfüllt. Alle Probleme gelöst. Alle ungelösten Probleme egal. Kommst n Momentchen zu spät. Leg ich einfach auf. Kann nich sein, denk ich. Und: Wennse n Zweck brauchen, ums Universum nich egal zu finden, dann, gut, find ich halt so n scheiß Zweck. Ich hab die fucking Poincare-Vermutung bewiesen. Son Scheiß-Zweck zu finden, sollte nur halb so schwer sein.

0038. Also: Plattenspieler an, Tischtennisball titscht, hinlegen. Kann losgehn. Klopft's. Egal. Bin nich da. Ruft einer. Grischa ruft er. Mach ma auf, ruft er. Ruckschin. Geh also hin. Mach auf. Hab deine Mail gekriegt, sagt er. Und?, fragt ich. Solln das?, fragt er. Hab den Beweis gefunden, sag ich. Und jetzt?, fragt er. Jetzt muss ich beweisen, dass es nich egal ist, sag ich. Echt jetzt?, fragt er. Hab grad erst angefangen, sag ich. Zu früh für ne Pause?, fragt er. Mach nie ne Pause, sag ich. Komm rein, sag ich. Poincaré also, ja?, fragt er. Nick ich. Und jetzt?, fragt er. Nix, sag ich. Interessiert keinen, sag ich. Allen egal. Klar, sagt er. Kann nich sein, sag ich. Und: Die Leute wollen n Zweck? Könnense haben, sag ich. Was hasn vor?, fragt er. Einfach, sag ich. Mach n neuen Zweck. Einfach?, fragt er. Gut, sag ich. Vielleicht nich einfach. Aber machbar, sag ich. Wo fängste an?, fragt er. Beim Universum, sag ich. Immer beim Universum. Hm, hm, sagt er. Universum bedeutet was. Genau, sag ich. Aber was? Find ich raus, sag ich. Setz mich. Reib die Oberschenkel. Fang an zu summen. Okay, sagt er. Lass dich mal.

0039.   Ruckschin geht. Das Universum bleibt. Reib die Hose. Spür die Mandarine inner Tasche. Holse raus. Fang an zu schälen. Schmeiß die Schalen aufn Boden. Räum ich später weg. Ess die einzelnen Stücke. Manche haben Kerne. Manche nicht. Spuck die Kerne aufn Boden. Neben die Schalen. Liegen einfach so. Liegen einfach so aufm Boden rum. Und ich. Ich sitz hier einfach so rum und starr auf die Schalen. Auf die Kerne. Sitz in meinem Zimmer. Hinter mir die Küche. Vor mir der Flur. Unter mir meine Mutter. Über mir Ruckschin. Dann das Dach. Paar Wolken. Irgendwann das Universum. Ganz oben. Schaut runter zu mir. Schaut zu mir runter, wie ich auf die Schalen schau. Und dann? Dann bleibt es so. Dann ändert sich nichts. Dreht sich im Kreis. Dreht sich nur n bisschen im Kreis. Vielleicht ne Ellipse. Wenn's hochkommt ne Ellipse. Dann dauert die Reise länger. Dann ziehn sich die Dinge an. Dann drehense sich langsamer. Aber am Ende bleibt doch alles, wie es ist. Steh also auf. Schmeiß die Schalen inn Müll. Stell eine Seite der Tischtennisplatte hoch. Hol mir n Schläger. Hol mir n Ball. Fang an zu spielen. Tick. Tick. Tick.

0040.   LIEBE – Parterre

0041.   Lieg ich zuhause aufm Rücken. Tuts weh. Tut der Rücken weh. Ach. Ach. Vielleicht lieber liegen bleiben. Vielleicht gar nicht aufstehn. Klingelts Telefon. Töchterchen. Ob ichs schon gehört hätt, fragt sie. Nein, sag ich. Wasn? Is egal, sagt sie. Und: Will vorbeikommen. Nächstn Samstag. Bring schönes Wetter mit, sag ich. Leg dann auf. Gut, denk ich. Soll se kommen. Und ich? Muss aufstehn. Muss einkaufen. Is einfach nix mehr da. Und s muss ja was da sein. Für mich. Für ihn. Und er hat ja keine Zeit. Arbeitet so viel. Ständig. Und immer im Sitzen. Könnt doch wenigstena ma stehn. Heißt's doch immer. Also Bewegung sei doch so gesund. Heißt's doch immer. Muss ihn dazu bringen rauszugehen. Mehr rausgehen. Weniger denken. Weniger tut ihm gut. Muss gleich mal mit ihm sprechen. Geh gleich ma hoch zu ihm. Is bestimmt wach. Hat bestimmt gar nich geschlafen. Auch nich so gut. Heißt doch immer: schlafen is gesund. Mehr schlafen muss er. Und mehr bewegen. Geh gleich mal hoch. Muss ihm das nochmal sagen. Ach. Ach. Immer im Rücken. Also erstmal Tee. Wasser kocht schon. Dann noch die Liste. Gemüse, Obst, Fleisch, Nudeln. Dann noch Seife, Toilettenpapier. Einmal alles. Schreibs mir auf. Guck. Liegt n Zettel aufm Boden. Unter der Tür durchgeschoben. Geschreibsel drauf: ALLE HABEN IHREN ZWECK ERFÜLLT. JEDWEDE VON WEM AUCH IMMER DURCHGEFÜHRTE MASSNAHME, TÄTIGKEIT ODER HANDLUNG WIRD GEMÄSS RAHMENVETRAG AB SOFORT

ALS IRRELEVANT BETRACHTET. Oh. Oh. Und Ach. Stimmt das denn? Dreh das Radio an. Ab heute is alles egal, sagt einer. Ab heute spielen wir alle keine Rolle mehr. Also, sagt er. Dann kanns ja wirklich egal sein, sagt er. Plötzlich Musik. Last Christmas. Jetzt schon? Draußen sind's 25 Grad. Juni halt. Oh nein. Wasn mit ihm?, denk ich. Sags ihm lieber nicht. Hat doch nix anderes. Hat doch nur die Arbeit. Ist jetzt egal? Spielt keine Rolle? Ach. Sags ihm lieber nich. Lieber erstmal einkaufen. Und dann. Mal schauen. Mal schauen wies ihm geht.

0042. Draußen ists wie immer. Vielleicht wissens noch nich alle. Vielleicht isses egal. Vielleicht machense nich so Zeug. So wichtiges Zeug. Vielleicht war für sie sowieso schon alles egal. Mir ja auch. Also mir war ja auch alles egal. Bis auf ihn. Also bis auf, dass es ihm gut geht. Weil: Bin halt Mutter. Soll ihm gut gehen. Soll arbeiten können. Ja. Soll er nämlich. Arbeiten. Is nämlich n Genie. Weiß keiner. Nur ich. Und er. Vielleicht wissens bald auch alle anderen. Und vielleicht isses ihnen dann nicht egal. Dann nicht mehr. Auch wenns jetzt vielleicht anders kommt. Also wenns offiziell sowieso egal ist. Aber essen müssen wa doch trotzdem. Wo kommwa denn da hin, wenn wa nich mehr essen. Und deftig solls doch sein. Müssen doch satt werden. Satt werden, kann nich egal sein. Hunger kann nich egal sein. Ob ich Bio kauf oder nicht. Das ist egal. Vielleicht. War vielleicht früher auch egal. Hätte unbedingt egal sein müssen. Weil: Bio is zu teuer. Für mich zu teuer. Hab doch nur die Rente. Und er verdient ja nix. Noch nich. Vielleicht bald. Also wenn er die Lösung hat. Wenn er endlich ausgerechnet hat, was er da ausrechnen will. Weiß das ja auch nich so genau. Irgendwas mit Universum. Frag mich ja immer, obs nich egal ist. Also obs nich egal is, wenns eh keiner versteht. Oder nur so seine Freunde verstehn. Sind komische Leute. Seine Freunde da. Dieser eine. Also der wohnt auch im Haus. Der ist komisch. Komischer Umgang. Aber is dann vielleicht auch vorbei mit denen. Also wenn er fertig ist. Oder vielleicht eher, wenn er nicht fertig wird. Hm.

0043. Da ist der Laden. Was steht auf der Liste. Gemüse und so. Obst. Fleisch. Deftig ja. Aber auch gesund. Er muss ja fit bleiben. Gesund bleiben. Bewegt sich zu wenig. Immer nur dieses Tischtennis. Heißt doch irgendwie gesunder Körper, gesund im Kopf. Oder so. Aber gesund im Kopf ist er ja schon. Denkt viel. Viele schlaue Sachen denkt er. Ach. Bald muss ichs ihm sagen. Muss ihm sagen, alles egal. All sein Denken. All seine schlauen Rechnereien. Egal. Alles egal. Hoffe er überlebt das. Und gerade jetzt. Also vor allem jetzt, muss er gesund bleiben. Also rein in den Laden. Schnell alles kaufen. Aber. Nein. Geht nicht schnell. Da ist diese Person. Diese Frau. Ausm Haus. Weiß nich wie se heißt. Is immer so aufgetakelt. Ist jetzt auch aufgetakelt. Steht da rum. Steht einfach vorm Gemüse rum. Meckert. Will wissen, wo's teuer ist. Schreit den Ladenarbeiter an. Also sowas. Gehört sich nicht. Sind nette Leute hier. Alle immer nett. Geh seit Jahren hier schon einkaufen. Sehr nette Leute. Schreit man nicht an. Fragt man. Höflich. Also, wenn man was wissen will, fragt man. Der arme Mensch. Steht die so richtig nah dran. So ganz nah an dem. Schreit rum. Geh ich lieber rüber. In den andern Gang. Da gibt's auch Gemüse. Gurken brauch ich. Und Kohlrabi. Ah Mandarinen. Is ja eigentlich nich so ideie Jahreszeit. Aber egal. Oder nicht? Is doch egal. Und bin auch nich die einzige. Steht einer vorm Regal. Guckt sich die Netze an. Ganz genau. Jede Mandarine. Feinschmecker? Und?, frag ich. Wie sindse so? Perfekt, sagt er.

Einfach nur perfekt. Reißter n Netz auf. Fängt an eine zu schälen. Probiert. Hmm, sagt er. Köstlich. Wollense eine?, fragt er. Also, sag ich. Das könnense doch nich machen, sag ich. Hamse doch noch gar nicht bezahlt, sag ich. Naja, sagt er. Is doch egal. Schmatzt dabei. Richtig laut. Also nein, sag ich. Sowas mache ich nich. Auch nicht wenn's egal ist. Ist also nich egal?, fragt er. Hm, sag ich. Vermutlich schon. Werd's trotzdem lassen. Ihr Verlust, sagt er. Futtert die Mandarine auf. Schnappt sich noch n Netz. Geht. Die Leute werden langsam alle verrückt.

0044. So. Wagen is voll. Schnell zur Kasse. Oh nein. Nur eine Kasse auf. Und da steht die wieder. Steht und wartet. Wartet nich wie normale Leute. Schreit. Soll schneller gehen. Schreit sie. Muss jetzt hinter der stehen. Geht nich anders. Steh ich also. Dreht sie sich um. Sie da, sagt sie. Sie kenn ich. Ja, sag ich. Wohnen im selben Haus. Ja, sagt sie. Habenses gehört?, fragt sie. Wasn, frag ich? Verdreht sie die Augen. Na was wohl, schreit sie. Alles egal! Ja, sag ich. Weiß ich. Und was machen wir jetzt?, fragt sie. Einkaufen?, sag ich. Genau!, schreit sie. Einkaufen. Das machen wir jetzt. Aber geht ja offenbar nicht. Is ja keiner an der Kasse. Hallo? HALLOOOO? Schreit den ganzen Laden zusammen. Leute gucken schon. Denken hoffentlich nich, wir gehören zusammen. Nur weil ich die kenne. Nur weil wir zufällig im selben Haus wohnen. Kann ich ja nix für. Kann ja nich entscheiden, wer da wohnen darf. Wenns ginge, würd ich da allein wohnen. Nur er und ich. Nur wir zwei. Er könnt rechnen. Und ich würde kochen. Und sauber machen. Und dafür sorgen, dass alles fein ist. Eben nicht egal. Sondern fein. Ganz fein und rein. Aber nein. Wir sind nicht allein. So Personen wie die hier wohnen auch da. Soll aber bitte nich mehr schreien jetzt. Is gut jetzt. Da kommt auch schon die Kassiererin.

0045.   Endlich draußen. Geh schnell um die Ecke. Schnell weg. Muss ja noch weiter. Taschen voll. Aber immer noch nich fertig. Weil: Geld ist zwar knapp, aber neue Kleider müssen sein. Neue Hemden für ihn. Ein Rock für mich. Da vorn. Da könnt ich schauen gehen. Schnell noch nach Bargeld schauen. Hoppla! Na sowas. Seh ich wen laufen. Ist das? Ja. Das ist Frau Pfarrerin! Hallo, ruf ich. Hallo. Wink zusätzlich. Frau Pfarrerin guckt. Sieht mich. Kommt. Hallo, sagt sie. Ja, sag ich. Hallo. Puh. Die arme Frau. Riecht heute aber wieder stark. Hat getrunken. Ach. Ach. Überall Sorgen. Geht es Ihnen gut, frag ich. Schnaubt sie nur. Schnaubt aus der Nase. Also, sagt sie. Also sowas hab ich noch nich erlebt, sagt sie. Ist mächtig aufgebracht. Kann ich sehen. Zittert fast. Was denn, frag ich. Ja, sagt sie. Kommt da einer. Kommt zu uns ins Pfarrhaus. Wissen schon. Hinter der Kirche. Kommt also rein. Und fragt so. Fragt nachm Zweck. Fragt, wie s jetzt ist. Und?, frag ich. Wie is es jetzt?, frag ich. Guckt sie nur. Ja wie schon!, ruft sie. Schreit fast. Ach, denke ich. Alle aufgebracht, denk ich. Es ist halt wie es ist, sagt Frau Pfarrerin. Ein großer Mist ist das, sagt sie. Gestern haben alle geglaubt. Heute will keiner mehr. Niemand glaubt. Alle sagen: Wozu. Und dann kommt einer. Und reibt's mir unter die Nase. Und wissense was?, sagt sie. Recht haben sie. Wozu das alles noch? Fängt sie an zu weinen. Das Gesicht nass. Tränen tropfen aufn Boden. Will sie in Arm nehmen. Geht nich. Tüten zu voll. Steh n Stück näher dran einfach. Ach, sag ich. Das wird schon wieder. Wie denn?, heult sie. Wie soll es denn werden? Einfach weiter dran glauben, sag ich. Dann wird's schon. Heult sie nur. Mein Junge, sag ich. Macht auch weiter. Weiß' er's auch schon?, fragt sie. Ja, lüg ich. Hab's ihm gesagt. Will trotzdem weitermachen. Weil's wichtig ist. Und bei Ihnen, Frau Pfarrerin, sag ich. Da ist's ja auch wichtig. Ist ja wichtiger als alles andere. Wichtiger als Mathe?, fragt sie. Vielleicht, sag ich. Geht ja um mehr. Genau, sagt sie. Geht um Jesus. Und Jesus ist Liebe, sagt sie. Und Liebe ist nich egal. Nick ich nur. Denk an meinen Jungen. Berührt sie meine Schulter. Wischt sich die Tränen. Geht. Ach, denk ich. Die arme Frau, denk ich.

0046.   Will weitergehen. Ruft einer. So von hinten. Tschuldigense, ruft er. Dreh ich mich. Voll bepackt. Kommt er rüber. Wissense was los ist?, fragt er. Was soll los sein, frag ich. Ja was solln wa denn jetzt machen, fragt er. Ja nix, sag ich. Hat ja keinen Zweck, sag ich. Aber wie geht n nix?, fragt er. Woher solln ich das wissen, denk ich. Nervt auch n bisschen drüber nachzudenken. Hab besseres zu tun, als mit Fremden auffer Straße über nix zu sprechen. Muss ich mein Sohn fragen, sag ich also. Der kennt sich aus, sag ich. Womit?, fragt der Typ. Mathe, sag ich. Kann vielleicht ausrechnen, wie es weitergeht, sag ich. Muss es denn weitergehen?, fragt der Typ. Verdreh ich die Augen. Sieht er nicht. Ging doch immer weiter, sag ich. Ach Jungchen, denk ich. Und: Ja. Für die jungen. Für die is es am schlimmsten. Für die ohne Halt. Für die ohne Ziel. Weil, mit Ziel brauchts keinen Zweck. Raff ich die Tüten. Brauchense Hilfe, fragt er. Geht schon, sag ich. Und: Tschüss. Tschüss, sagt er. Und grüßense ihren Sohn. Guck ich. Muss lächeln. Sieht er nicht. Ja, denk ich. Mach ich. Vielleicht genau das Richtige. Weil, vielleicht hilft ihm das. Also vielleicht isses nich so schlimm, wenn er weiß, dass noch Leute hoffen. Noch Leute glauben. Und vielleicht hilft's ihm wenn er weiß, dass da einer auf Mathe hofft. Vielleicht.

0047. Jetzt aber. Kleider kaufen. Muss schließlich sein. Da vorne. Kleiderhalle. Secondhand. Bisschen komisch: Daneben Luis Vuitton. Guck gar nicht hin. Will ja auch nur bisschen was schauen. Nix für ihn. Aber schöner Rock. Gerade mal einsfünfzig. Verrückt. So wenig. Eingepackt. Rausgelaufen. Rumms. Knall ich mit jemand zusammen. Guck. Isses die Frau. Die cholerische. Die ausm Haus. War nebendran. Is auch gerade raus. Und mir voll rein. In die Hüfte. Alle Taschen hin. Milch ausgelaufen. Bisschen über ihre Schuhe. Wirklich nur n kleines bisschen. Fängt trotzdem an zu schreien. Wie ne Verrückte. Schreit noch nichtmal n Wort. Schreit einfach nur.   AAAAAAAAHHHHHHHH!!!!! Schreit mir mitten ins Gesicht. Niemand interessierts. Niemand guckt. Niemand bleibt stehen. Alle gehen weiter. Is allen egal. Weil sowieso alles egal? Was los mit den Menschen? Kann doch nich sein. Kann doch nich sein, dass alles egal is. Dass Menschen egal sind. Das Gefühle egal sind. Guck ich runter. Fang an meine Sachen zu packen. Tüten sind noch ganz. Pack alles rein. Milch lass ich laufen. Ne große Pfütze. Wird kleiner. Milch läuft in Gulli. Guck ihr nach. Frau: Schreit immer noch. Schreit wie am Spieß. Wird's mir zu bunt. Stell die Tüten hin. Vorsichtig. Soll nichts umfallen. Schaue die Frau an. Schau wie sie schreit. Breit die Arme aus. Nehm ihren Kopf. Drück ihn an meine Schulter. Ganz sacht. Sanft. Press meine Arme um sie herum. Streichel ihr den Rücken. Merk wie sie zusammensackt. Wie sie weniger schreit. Mehr weint. Heult. Schluchzt. Jammert. Immer noch kein vernünftiges Wort. Nur weinen. Schluchzen. Die Leute interessierts immer noch nicht. Gehen einfach vorbei. Niemand guckt. Halt sie weiter fest. Ganz fest. Wird leiser. Ganz leise nur noch. Stumme Tränen. Merk wie sie weicher wird. Löst sich langsam. Tritt einen Schritt zurück. Schaut mich an. Völlig verschmiertes Gesicht. Schwarze Tränenflüsse. Wünscht es wär nicht egal, sagt sie. Ach wär es doch nicht egal, sagt sie. Schau ich sie an. Nehm ihre Hände. Und wenn schon, sag ich. Und wenn schon. Ihre Augen sind Meere. Tiefe Meere. Versinke darin. Ja, denk ich. Vielleicht hat sie es verstanden.

0048. Geh ich zurück nach Hause. Grischa ist oben. Ruf ihn runter. Essen kommen. Kommt er. Setzt sich in die Küche. Merk schon: Hat gearbeitet. Zuviel gearbeitet. Setz mich zu ihm an den Tisch. Erzähl ihm alles. Erzähl ihm von der Frau Pfarrerin. Von ihrem Besucher. Erzähl ihm von der Liebe. Von Jesus. Erzähl ihm von dem Typ. Von der Hoffnung auf Mathe. Erzähl ihm von der Nachbarin. Von ihren Tränen. Erzähl ihm von dem Meer in ihren Augen. Erzähle und erzähle und erzähle. Keine Reaktion. Hörste mir überhaupt zu?, frag ich. Schaut er auf. Hab mit deiner Schwester gesprochen, sag ich. Will uns besuchen. Nächstn Samstag. Hab ihr noch gesagt sie soll schönes Wetter mitbringen. Son Quatsch, sagt er. Wetter isn spürbarer kurzfristiger Zustand der Atmosphäre. Kann keiner mitbringen. Is einfach da. Roll ich mit den Augen. Tut er's mir nach. Warum verdrehste denn jetzt die Augen?, frag ich. Machste doch auch, sagt er. Dreh mich um, nehm n Teller, stell ihn vor ihn. Atme ein. Tief. Schieb ihm den Zettel vor die Nase. Schon gehört?, frag ich. Guckt er. Liest: ALLE HABEN IHREN ZWECK ERFÜLLT. JEDWEDE VON WEM AUCH IMMER DURCHGEFÜHRTE MASSNAHME, TÄTIGKEIT ODER HANDLUNG WIRD GEMÄSS RAHMENVETRAG AB SOFORT ALS IRRELEVANT BETRACHTET. Wollts dir erst gar nich zeigen, sag ich. Dacht dich interessierts eh nicht, sag ich. Aber weil Du ja so hart arbeitest, dacht ich dann schon, so, vielleicht doch wichtig, sag ich. Warum wichtig?, fragt er. Die Vermutung wär ja dann auch egal. Und Dein Beweis auch, sagt ich. Kann nich egal sein, sagt er. Geht ums Universum, sagt er. Kann nich egal sein. „Im Radio hamse aber gesagt, dass jetzt wirklich alles egal ist, sag ich. Und dann hamse Wham gespielt. Obwohl Juni is.

0049.   Steht er auf. Geht wieder nach oben. Hat nix gegessen. Typisch, denk ich. Mathe is wichtiger als Essen. Das Universum is wichtiger als Essen. Und manchmal. Manchmal denk ich, das Universum is wichtiger als ich. Setz mich an den Tisch. Hol ne Mandarine raus. Fang an zu schälen. Vielleicht soll ich mehr an mich denken. Mehr Mandarinen für mich kaufen. Statt für ihn. Mehr mich selbst lieben. Was denk ich da. Kanns ja eh nich lassn. Is vielleicht son Mutterding. Oder is vielleicht wirklich egal. Ob ich ihn liebe, er mich, wir uns, er sich, ich mich, am Ende isses egal. Hauptsache jemand wird geliebt. Von irgendwem. Das ist nicht egal.

0050.   KONSUM – 2. Stock b (1)

0051.   Lieg ich zuhause aufm Rücken. Füße hoch. Lackfläschchen aufm Beistelltisch. Pinsel noch inner Hand. Puste gegen die Zehen. Knallrot. Geil. Steht er immer noch anner Tür. Typ von Gegenüber hat geklopft. Keine Ahnung, was der will. Kenn den nich. Will den nich kennen. Will mich aber auch nich einmischen. Will fertig lackiern. Kann mich nich konzentriern. Dieses Gequatsche. Ja, hab den Zettel auch gesehn. Da liegt er. Liegt direkt vor mir. Geschreibsel drauf: ALLE HABEN IHREN ZWECK ERFÜLLT. JEDWEDE VON WEM AUCH IMMER DURCHGEFÜHRTE MASSNAHME, TÄTIGKEIT ODER   HANDLUNG   WIRD   GEMÄSS RAHMENVETRAG   AB   SOFORT   ALS IRRELEVANT BETRACHTET. Ganz ehrlich: Is mir egal. Kann von mir aus alles egal sein. Weil, schlimmer kanns nich werden. Geht nich. Weils ja egal ist, wie es überhaupt wird. Was aber nervt. Was so unfassbar unendlich abartig zum Kotzen ist: Wenn's jetzt egal ist, dann war alles vorher, total bedeutend, wichtig und relevant. Und was war denn vorher? Schmitt und ich, war vorher. Schmitt! Der da drüben. Anner Tür. Mit seinen Haaren. Mit seinen Beinen. Seinem Gequatsche und seinem Geruch. Genau. Dieser Geruch. Der war offenbar nich egal. Wie kann das sein? Wie kann dieser Mann, mit diesem Geruch, nicht schon immer egal gewesen sein? Und warum ist er's jetzt? Und warum bin ich mit ihm jetzt genauso egal? Kann das nich verstehen. Will das nich verstehn. Also isses mir egal. Is mir alles egal. Schmier den Lack auf die

Zehen. Schmier ihn mir übern Fuß. Aufs Bein. Steh auf. Schmeiß die Flasche gegen die Wand. Seh zu, wie der Lack runterläuft. Aufs Bett. Sieht aus, als ob's blutet. Könnt heuln. Heul auch. Hör dann, wie er die Tür schließt. Leg mich wieder hin. Dreh mich ins Kissen.

0052. Schatzi, sagt er. Und nochmal: Schatzi? Muss dann auch, sagt er. Guck ich. Stehter da. Wie er steht. Graue Jacke. Graue Haare. Graue Schuhe. Graues Leben. Mehr Farben, denk ich. Schnapp mir's Lackfläschchen. Schmeiß rüber. Will ihn treffen. Duckter sich. Daneben. Eh leer. Solln das?, fragt er. Ach, sag ich. Bisschen Farbe schadet nicht, sag ich. Aber Lack?, fragt er. Echt jetzt? Hat's nich verstanden. Du checkstes nich, sag ich. Du checkst einfach gar nix, oder? Wasn?, fragt er. Es ist egal, sag ich. Es is einfach wahnsinnig egal. Und du. Du stehst da. Wie ne graue Leihaftigkeit vom Egal sein an sich. Häh?, fragt er. Ach, sag ich. Dreh mich wieder aufs Kissen. Wasn los?, fragt er. Was wohl!?, ruf ich. Alles egal geworden. Mit dir is alles egal geworden. Ja, sagt er. Und? Ja wie und?, frag ich. Was solln wa denn jetzt machen?, frag ich. Guckter nur. Wollt doch immer was machen!, sag ich. Was willste denn machen?, fragter. Na was!, sag ich. Alles! Immer alles! Kann nich mehr. Muss heulen. Schreien. Wüten. Machs auch. Spring ausm Bett. Zieh mich aus. Steh vor ihm. Nackt. Drück mich an ihn. Los, sag ich. Na los, sag ich. Guckter nur. Aber, sagt er. Muss zur Arbeit, sagt er. Und: Ruf doch ma die Kinder an, sagt er. Vielleicht wissn die was. Das wars, denk ich. Jetzt isses aus. Schnapp mir irgendwas ausm Schrank. Roter Jumpsuit. War mal in. Tausend Jahre her. Zieh's an. Hol mir die hohen Hacken. Tasche. N Hut. Guckter mir zu. Guckt mir zu. Sagt nix. Bin dann fertig. Dreh mich um. Bin schon fast draußen. Guck ihn nochmal an. Ja, sag ich. Mit dir, sag ich. Mit dir ist alles egal geworden, sag ich. Kann nich sein. Darf nich sein. Darf nich egal sein. Gerade jetzt is nix mehr egal. Ein Blick noch. Und ab.

0053. Erstmal was zu essen besorgen. Gegenüber is der Laden. Da gibt's alles. Liste? Brauch ich nich. Is egal. Leg einfach los. Teuer muss es sein. Wenn's egal is. Dann kann's auch teuer sein. Aber: Discounter. Da is nix teuer. Und brauch auch nich viel. Nur n bisschen was zum Essen. Zum Mitnehmen. Also fragen. Hol mir so einen. So n Regalräumer. Du da, ruf ich. Wo isses hier denn teuer?, frag ich. Hier isses günstig, sagt er. Immer, sagt er. Ja ja, sag ich. Aber will was teures zum Mitnehmen, sag ich. Häh?, frag er. Was teures, ruf ich. Lauter diesmal. Leute gucken schon. Egal. Hm, sagt er. Vielleicht das Gourmetsortiment? Wasn fürn Gourmetsortiment?, frag ich. Läufter los. Folg ihm. Kühlregal. Zeigt auf n paar Schachteln. Das da?, frag ich. Is doch nur so n pseudo Gourmet Zeug da. Käse und Dips und so. Aber ma ehrlich. Gegrilltes Makrelenfilet in Gourmet für 1,69€? Nehm einfach zehn Stück. Dazu die Oliven für 1,99. Auch zehn. Regalräumer guckt so. Raffel alles zusammen. Brot, sag ich. Will auch Brot. Zeigter mir so n Automaten. Brötchen für 15 Cent. Hol mir gleich n Brot. Noch eins. Noch eins. Vier Brote insgesamt. Jeweils zwei Euro. Ab zur Kasse. An den Grabbelkisten vorbei. Alles voller Zeug. Badelatschen und Blumenerde. Solarlichterkette und Lebkuchenhaus. Pack von allem was ein. Dann ne kleine Vitrine. Ipad drin. Ja, denk ich. Aber Sonderangebot. Nur 299. Trotzdem gut. Ruf den Regalräumer nochmal her. Aufmachen, ruf ich. Is nur zum Ansehen, sagt er. Im Lager gibt's die. Na dann hol mal, sag ich. Zack, Zack, sag ich. Leute gucken jetzt mehr. Warum isses denen nich egal? Ach. Sollnse gucken. Kommter. Reiß ihm das Ding ausder Hand. Ab zur Kasse. Sitzt niemand dran. Nee, oder? Hey, schrei ich. Und nochmal: Hey! Kasse! Steht die Alte ausm Haus plötzlich da. Kenn ich. Wohnt im Erdgeschoss. Sie da, sag ich. Sie kenn ich. Ja, sagt se. Wohnen im selben Haus. Ja, sag ich. Habenses gehört?, frag ich. Wasn, fragt se. Echt jetzt? Na was wohl, schrei ich. Alles egal! Ja, sagt se. Weiß ich. Und was machen wir jetzt?, frag ich. Einkaufen?, sagt se. Genau!, schrei ich. Einkaufen. Das machen wir jetzt. Aber geht ja offenbar nicht. Is ja keiner an der Kasse. Hallo? HALLOOOO? Kommt endlich der Regalräumer von vorhin. Kassiert wie ne Schnecke. Schmeiß alles aufs Band. Stopf's dann in irgendwelche Tüten. Und raus. Jetzt geht's richtig los.

0054.   Geld brauch ich noch. Könnt alles mit Karte zahlen. Aber viel besser: Heb alles ab. Is doch eh egal jetzt. Heb die ganze Kohle ab. Und schmeiß dann nur so um mich. Also ab in die nächste Filiale. Gibt's an jeder Ecke. Lange Schlange. Leute sind nervös. Tuscheln. Scharren mit den Füßen. Kommen auch immer mehr. Tschuldigense, frag ich eine vor mir. So voll isses doch sonst nich?, frag ich. Ja, sagtse. Hammses nich gehört?, fragtse. Ab heute is alles egal. Hol mir daher lieber mein Geld. Wer weiß, sagtse. Ja, denk ich. Wer weiß. Ganz genau. Dauert mir trotzdem zu lang. Drängel mich vor. N paar maulen. Rufen. Gezeter. Hey, ruft n alter Mann mit Mandarinen im Netz. Nich drängeln. Is doch egal, ruf ich. Is doch alles egal! Holt der Typ ne Mandarine raus. Fängt an zu schmeißen. Duck mich weg. Klatscht die Mandarine voll gegen so n Pappding mit Prospekten. Kippt um. Kommt der Mandarinentyp. Hebt alles wieder auf. Rückt das Pappding zurecht. Warum machense das?, frag ich. Wasn?, fragt er. Na Aufräumen, sag ich. Weils sich gehört, sagt er. Und bitte entschuldigense meine Wut, sagt er noch. Guck ihn an. Geht er wieder zurück in die Schlange. Dreh mich zum Schalter. Steht da einer. Junger Typ. Kurze Haare, kleine Brille, Bärtchen am Kinn. Sie wünschen, sagt er. Geld, sag ich. Alles, sag ich. Nickt er. Kennt er schon. Ausweis, sagt er. Kriegter. 9.875,69 Euro, sagt er. Abrunden, sag ich. Die Cents brauch ich nich. Gib Scheine raus. Nickter wieder. Sonst noch was?, fragt er. Wie hoch isn der Dispo?, frag ich.

2.000, sagt er. Dann bitte den Dispo auch noch, sag ich. Ziehter ne Braue hoch. Macht's trotzdem. Guckt aber. Guckt so komisch. Willste was sagen?, frag ich. Nun, sagt er. Nicht sicher, ob Geld abheben die Lösung ist. Und jetzt?, frag ich. Was isn die Lösung? Als Anleger?, fragt er. Immer erstmal abwarten. Schnapp mir seine Krawatte. Zieh ihn rüber. Leck über sein Bärtchen. Greif ihm innen Schritt. Hab lange genug gewartet, sag ich. Fängt er an zu schwitzen. Lass ihn los. Taumelt. Fängt sich. Grins ihn an. Ab heute sind wir frei, sag ich. Guckt er rüber. Freiheit ist eine Illusion, sagt er. Dreh mich rum. Schlange noch viel länger. Paar gucken zu mir. Die meisten gucken weg. Nee, denk ich. Heute nicht. Heute bin ich frei. In echt.

0055.   Erste Anlaufstelle: Krokodil. Geht nix übern guten Gin. Aber: Is noch ziemlich früh. Egal. Wenn's Krokodil zu hat, dann eben gegenüber. Muss aber eh erstmal hinkommen. Könnt die Bahn nehmen. Aber Bahn fahrn alle. Heute is Taxi dran. Steh anner Straße. Fährt auch schon eins vorbei. Wink. Sieht mich nich. Oder will mich nich sehen. Zweite auch. Wirds mir zu blöd. Limusinenservice. Gibt's auch. Weiß ich. Such im Telefon nach der Nummer. Tausend Anbieter. Beim ersten geht niemand ran. Dann endlich: Ja bitte einmal von hier zum Krokodil. 400€. Geht. Dauert aber noch. So spontan sind die nich. Okay. Dann halt warten. Steht da wieder der Alte mit den Mandarinen. Oh hallo, ruf ich. Tu überrascht. Sie schon wieder. Guckter. Und?, frag ich. Auch egal? Also bei Ihnen? Hebter das Netz hoch. Hält's neben meinen Kopf. So wie zum Vergleich. Guckt auch so schief. So Kopf auf die Seite geneigt schief. Kommt n bisschen näher ran. Dreht das Netz. Nee, sagt er. Bei mir is alles wichtig. Ganz offiziell, sagt er. Nimmt die Mandarinen wieder runter. Geht. Guck ihm hinterher. Wasn schräger Typ, denk ich. Drehter sich um. Verneigt sich. Hupt's. Limusine is da. Fahrer steigt aus. Hält mir die Tür auf. Oh, denk ich. Und: Ganz genau so muss es sein. Steig ein. Streck die Beine aus. Fahrer setzt sich vorne hin. Wohin?, fragt er. Ins Krokodil, sag ich. Rutsch so n bisschen zurecht. Will, dass er mich richtig sieht. Will, dass er mich abcheckt. Hab aber zuviel Zeug dabei. Überall Tüten. Fällt das komische IPad aufn Boden.

Drecksding. Brauchense Hilfe?, fragt er. Nee, sag ich. So beim Runterbeugen. Kommt daher n bisschen gestöhnt raus. Sitz endlich wieder richtig. Hab alles eingetütet. Also los, sag ich. Puste ne Haarsträhne ausm Gesicht. Ab geht's.

0056.   Ganz schön rasante Fahrt. Hatte eigentlich vor n bisschen nachzuschminken. Keine Chance. Obwohl alle Straßen voll, bestimmt locker 20 km/h drüber. Hatte mich nich angeschnallt. Egal. Dachte ich. Fummel mir jetzt doch lieber den Gurt rüber. Weil: Solange es noch egal is, geht's um Spaß. Tod is aber kein Spaß. Also anschnallen, festhalten, rausgucken. Menschen fliegen vorbei. In Lichtgeschwindigkeit. Ganze Leben fliegen einfach so vorbei. Babys erst. Ne Menge Babys. Dann Kinder, Teenager. Rauchen. Heimlich. Seh, wie se sich wegducken. Teenie-Mädchen. Ohne Ende aufgetakelt. Kurze Röcke. Keine Tops. Egal, oder was? Fliegen vorbei. Dann: Frauen mittleren Altes. Frauen wie ich. Fast genauso aufgetakelt. Kann aber sehen: War erst nich so gemeint. War mal Büroschick. Is aber jetzt Krieg-mich-doch-Schick. Bisschen billig. Marke? Kann's nich erkennen. Sind schon weg. Werden älter. Alte Frauen. Ziehen Wägelchen hinter sich her. Starren auf handgeschriebene Listen. Ja, denk ich. Diese Listen sind nich egal. Die waren immer wichtig. Sind jetzt vielleicht wichtiger wie nie. Dann: Flieg ich noch vorne. Trotz Gurt. Fahrer bremst. Vollbremsung. Da simma, sagt er. Guckt nach hinten. So über die Schulter. Hat Fältchen an den Augen. Lange Falten. Gehen vom Augenwinkel bis ans Ohr. Gefällt mir nicht. Guck schnell weg. Nuschel n Danke. Pack mein Zeug. Und raus da. Steigter auch nochma aus. Will die Tüten greifen. Brauchense Hilfe beim Reintragen?, fragt er. Greift nach ner Tüte. Fasst meine Hand. Drückt so. Dreht sich. Reibt meine Hand an seiner Hose. Zufall? Zieh schnell zurück. Nee, sag ich. Krieg das hin. Pack n Bündel Scheine aus. Geb ihm 500. Stimmt so, sag ich. Guckter nur. Mundwinkel runter. Muss lächeln. Genau, denk ich. Geld is auch nich egal. Dreh mich rum. Da is das Krokodil. Tür steht auf. Zum Glück. Gegenüber gibt's zwar auch. Aber: Gin darf nich ekelhaft sein. Und im Krokodil is nichts ekelhaft. Geh rein. Kein Blick zurück.

0057.   Drinnen dann volles Haus. Seh nur Rücken. Muss mich richtig durchquetschen. Ziel: Theke. Schwierig mit den ganzen Taschen. Muss die so hoch halten. Stolper die ganze Zeit über meine eigenen Hacken. Fall nach vorn. Will die Taschen nich loslassen. Kann mit den Zeigefingern gerade so die Theke greifen. Häng kurz durch. Steh dann am Tresen. Um mich herum: Geschrei. Alle wollen Gin. Bartyp völlig überfordert. Kenn den. Wohnt im selben Haus. Junger Typ. Gefällt mir gut. Auch wenn er meist n bisschen fertig aussieht. Klar. Kneipe halt. Macht was mit dir. Verändert dich. So auf Dauer. Und heute? Heute sieht er noch fertiger aus. Fix und fertig. Dazu die ganzen Leute. Bombay, schreien die. Schreien alle Bombay. Also ob's das einzige wahre wär. Bin ein Monkey-Girl. Schrei also. Monkey, schrei ich. Will nich schreien. Geht aber nich anders. Viel zu laut. Und, klar: Macht es noch schlimmer. Schreien alle immer lauter. Immer wilder. Aber der Bartyp sieht nur fertig aus. Is trotzdem auf Zack. Hat die Flaschen alle in so nem Zapfregal. Direkt fünf mal Bombay nebeneinander. Is elektrisch. Muss er nur die Gläser drunterstellen. Knopf drücken. Kommt genau die richtige Menge Gin raus. Macht's ihm leichter. Is zwar immer noch ne Menge. Und wird immer mehr. Aber Knopf drücken is leicht. Und hinhören klappt auch. Hat mitgekriegt, dass ich Monkey will. Steht schon vor mir. Kipps runter. Noch einen. Und noch einen. Fühl mich jetzt richtig gut. Geschrei is egal. Gedränge is egal. Gin is nich egal. Wusst ich's doch.

Ex noch einen. Will dann zu nem Tisch. Kurz setzen. Seh ganz hinten is einer frei. Drück mich durch. Schwierig. Muss richtig pressen. Schieben. Weiterschieben. Werd an so nen Typen gedrückt. Voll mit der Nase gegen seine Brust. Weißes Hemd. Rote Lippen. Ungünstig. Alles verschmiert. Guckt er runter. Guckt mir in die Augen. Kommt näher ran. Braune Augen. Fast schwarz. Tiefschwarz. Versink drin. Ganz kurz. Küsst er mich. Küss ihn. Küssen uns. Werd von hinten gestoßen. Irgendwer drückt. PPPPFFFRRRT! Muss furzen. Lauter als das Geschrei. Typ zuckt zurück. Alle um mich herum zucken zurück. Weg zum Tisch is frei jetzt. Aber: Das war's für mich. Schnapp meine Taschen. Wo is der Ausgang. Renn zur Tür. Und auf die Straße. Oh mein Gott. Oh mein Gott.

0058. Draußen dann unfassbare Hitze. Liegt vielleicht am Gin. Sonne knallt aber auch. Außerdem wahnsinnig hell. Hab doch irgendwo... Kram n bischen rum. Sonnenbrille ganz unten irgendwo. Besser jetzt. Dreh mich. Kommt ne Horde Rennradfahrer die Straße lang. Trikots komplett verkleckert mit irgendner Soße. Denen isses auch egal, denk ich. Krieg aber trotzdem Hunger davon. Dahinten is ne Imbissbude. Ingos Brathähnchen. Genau so, denk ich. Alles egal. Geh rüber. Leg einfach n Hunderter ins Schälchen. Zwei bitte, sag ich. Ingo guckt nur. Packt den Hunderter ein. Zieht die Hähnchen vonner Stange. Packtse in so ne isolierte Papiertüte. Pommes?, fragt er. Nee, sag ich. Hol n Schenkel raus. Knabber ab. Macht schön satt. Gegenüber dann: Luis Vuitton. Ja, sag ich wieder. Genau so. Schmeiß das Hähnchen weg. Schmeißes einfach aufn Boden. Für die Ratten. Und ab. Rein. Will auch gleich so ne Verkäuferin ranwinken. Soll mir beim Geldausgeben helfen. Soll das teuerste vom teuren raussuchen. Merk dann: Stink voll nach Fett. Geht so nich. Also nochmal raus. Gibt auch n Douglas. Schnell paar Pröbchen draufgeschmiert. Paar Flaschen mitgenommen. Große Flaschen. Is egal wie's riecht. Und wieder zurück. Schnell schnell. Kommt die Vuitton-Verkäuferin auch schon angelaufen. Hat mich gerochen. Wett ich. Was kann ich für Sie...Taschen, sag ich. Damit fang ma an. Onthego. 2500 €. Und da kommt der Rest rein. Welcher Rest, fragt sie. Alles, was es hierfür gibt, sag ich. Schmeiß die Scheine hin.

Sind n paar Tausender noch. Okay, sagt sie. Dann den Teddy Bear? 1550€. Square Sonnenbrille für 580€. Die Trainer Sneaker für 1050. Frottee Hoodie für 2000 und vielleicht noch n eleganten Einreiher für 2700? Passt alles, sag ich. Immer rein da. War's das? Viel mehr is nich drin, sagt se. Leider. Okay, sag ich. Einpacken. Quittung brauch ich nich. Packtse alles ein. Und wieder raus ausm Laden.

0059.   Knall ich voll in eine reine. Isses die Alte ausm Haus. Alle Taschen hin. Milch ausgelaufen. Voll auf meine Schuhe. Jetzt reicht's, denk ich. Kann nich mehr. Will nich mehr. Fang an zu schreien. Bin gar nicht wütend. Muss einfach was raus. Fang also an.   So   richtig   laut.   Und   schräg. AAAAAAAAHHHHHHHH!!!!! Schrei der alten mitten ins Gesicht. Interessiert niemanden. Warum auch? Is ja egal. Fängtse an ihre Sachen zu packen. Packt in aller Ruhe. Ich steh daneben. Und schrei. Schrei einfach nur. Isse fertig. Schaut auf. Breitet die Arme aus. Nimmt meinen Kopf. Drückt ihn an ihre Schulter. So sanft. So sachte. Streichelt mir den Rücken. Sack dann zusammen. Hör auf zu schreien. Kann nur noch schluchzen. Bisschen Jammern. Reden is nich. Nur leises schluchzen. Lös mich dann. Schau sie an. Merk wie mir die Suppe übers Gesicht läuft. Wünscht es wär nicht egal, sag ich. Ach wär es doch nicht egal, sag ich. Nimmt se meine Hände. Und wenn schon, sagt se. Und wenn schon. Schaut sie mir in die Augen. Ganz tief in die Augen. Kann ich nicht ertragen. Lass sie los. Dreh mich. Fang an zu rennen. Halt die Taschen so fest ich kann. Und renn. Renn. Renn. Renn. Nach Hause. Will nur noch nach Hause. Weiß nicht wie weit. Weiß nicht wie lang. Da is das Haus. Tür is auf. Treppenhaus. Treff den von Gegenüber im Flur. Ah, sagt er. Hamse gesucht. War einkaufen, sag ich. Hab alles ausgegeben. Und?, fragt er. Geld weg, ist egal, sag ich. Die ganze Scheiße besitzen: auch egal, sag ich. Wo isn mein Mann?, frag ich. Is mim kaputten Barhocker ohne Hose die Straße runter, sagt er. Nick ich. Schau ihn an. Alles egal. Ficken?, frag ich. Jetzt?, fragt er. Zuck ich die Schultern. Geh rein. Lass dir Tür auf. Vielleicht kommt Schmitt nach Hause. Vielleicht kommt er bald. Obwohl. Is auch egal.

0060.   ORDNUNG – 2. Stock b (2)

0061.   Lieg ich zuhause aufm Rücken. Klingelt der Wecker. Mach die Augen auf. 6.30Uhr. Schwing die Beine rüber. Schlpüf in die Filzslipper. 10 Kniebeugen. 10 Liegestütz. 10 Hampelmänner. Geh in die Küche. Tewasser kochen. Müsli in die Schale füllen. Zeitung aufschlagen. Hör ich was. Komisches Geräusch. Normalerweise gibt's nur mal n bisschen Gerumpel. Also morgens rumpelt's zwischendurch. Aber das is kein Rumpeln. Isn Schaben. N Kratzen. Kommt von der Tür. Normalerweise wird bei uns ja geklopft, denk ich. Geh also hin. Mach auf. Niemand da. Aber: Zettel an der Tür. Geschreibsel drauf: ALLE HABEN IHREN ZWECK ERFÜLLT. JEDWEDE VON WEM AUCH IMMER DURCHEFÜHRTE TÄTIGKEIT, HANDLUNG, ODER MASSNAHME WIRD GEMÄSS RAHMENVERTRAG AB SOFORT ALS IRRELEVANT BETRACHTET. Dreh den Zettel. Scheint in Ordnung zu sein. Das Übliche Papier für Verlautbarungen wie diese. Auch ordentlich formuliert. Sollte also stimmen. Setz mich wieder. Leg den Zettel neben die Zeitung. Steht sicher nichts davon. Auch nich im Lokalteil. Weil, is keine Meldung. Warum auch? Zweck kennt niemand. Is also egal, ob's egal is. Trink den Tee. Löffel das Müsli. Geh ins Bad. Frau schläft noch. Hör zumindest nix. Im Bad dann: Hemd aus. Hose aus. Dusche an. Kurz warten. Durchlauferhitzer. Drunter steigen. Erst alles nass machen. Dann mit dem Stück Seife übern Bauch bisses schäumt. Dann unter den Armen. Dann der Penis. Rundherum.

Dann abspülen. Dann Gesicht. Abspülen. Dann Haare. Haare immer zum Schluss. Alles abspülen. Wasser aus. Handtuch greifen. Haare trocknen. Vorne. Hinten. Unter den Armen. Beine. Penis. Fertig. Kleidung liegt schon da. Socken. Chino. Navy. Polohemd. Grau. Ralph Lauren. Gürtel. Braun. Duft. Auch Ralph Lauren. Polo blue. Alles abgestimmt. Alles vorbereitet. Auf Socken dann wieder in die Küche. Zweite Tasse Tee. Sportteil lesen. Dann Müslischüssel ausspülen. In die Spülmaschine stellen. Teetasse ausspülen. Auch in die Maschine. Schuhe stehen im Flur. Weiße New Balance. Bin den ganzen Tag auf den Beinen. Brauch bequeme Schuhe. Keine Jacke. Is warm genug draußen. Nur die Tasche. Keine Marke. Alte Ledermappe. Gefunden auf nem Flohmarkt in Montpellier. Südfrankreich unterm Arm. Lieb's.

0062.   Will mich verabschieden. Will gerade rufen. Klopft's. Steht der Nachbar im Flur. Sichtlich erregt. Was wollnse?, frag ich. Schon gehört?, fragt er. Hält mirn Zettel unter die Nase. Überfliegs. Hm, hm, sag ich. Ab heute isses egal. Wie jetzt?, fragt er. So halt, sag ich. Zuck mitn Schultern. Dämliche Frage. Und jetzt? fragt er. Merk: Der tut sich schwer damit. Besser bisschen beruhigen. Vielleicht nur Hörensagen, sag ich. Egal ist egal. Also weitermachen?, fragt er. Bin jetzt hier Lebensberater, oder was? Machense wasse wolln, sag ich. Guckt er komisch. Was willn der von mir. Ab jetzt isses egal. Offiziell. Muss niemand in Frage stellen. Isso. Ganz einfach. Was machn Sien grad?, fragt er. Arbeit, sag ich. Freizeit, sag ich. Frau, Kinder, Hund. Ab und zu Kino, sag ich. Der Hund! Ganz vergessen. Muss den noch bei der Hundesitterin abholen. Sonst quengelt die wieder. Guck auf die Uhr. Wird auch langsam Zeit. Nachbar steht immer noch da und guckt. Hab echt jetzt keine Zeit für sowas. Sonst noch was?, frag ich. Muss dann auch wieder. Wohin?, fragt er. Gehtn Sie das an?, frag ich. Eigentlich nix, sagt er. Will halt wissen, was andere jetzt machen. Also wenns egal ist. Is doch auch ega, sag ich. Klar, sagt er. Vorher. Finds jetzt aber nicht mehr egal. Ah, sag ich. Auch so einer. Guckt er. Vorher auf Außenseiter gemacht, weil alle anderen ja eh doof, sag ich. Und jetzt gemerkt, selber einer von den Doofen zu sein. Doofen, fragt er. "Ja, sag ich. Sie sind doch einer von denen, die alle anderen für doof halten, sag ich. Nur weil uns nix egal ist, sag ich. Weil wir die Mülltonnen zurechtrücken. Weil wir sonntags das Auto waschen. Weil wir samstags Rasen mähen. Weil wir pünktlich die Steuererklärung machen. Weil wir Regeln gut finden, sag ich. Wasn für Regeln?, fragt er. Alle, sag ich. Und: Was soll denn sein, wenns keine Regeln gäbe. Dann wärs doch allen egal. Dann würds doch nur Ärger geben, sag ich. Ja, sagt er. Aber Regeln sind ja jetzt auch egal, sagt er. Zuck ich mitn Schulten. Mach die Tür zu.

0063.   Was nervtn der jetzt so rum? Früher kein Hallo kein gar nix. Und jetzt sowas. Guck nochmal auf die Uhr. Muss jetzt aber wirklich los. Schatzi, ruf ich. Und nochmal: Schatzi! Kommt nix. Geh ins Schlafzimmer. Liegtse da. Lackiert sich die Nägel. Sieht mich an. So von oben herab. Kannse gut. Auch im Liegen. War aber schon lang nich mehr. Will grad fragen. Schmeißtse n Lackfläschchen. Kann mich grad so ducken. Solln das?, frag ich. Ach, sagt se. Bisschen Farbe schadet nich, sagtse. Aber Lack?, frag ich. Und außerdem: Meine Hose is navy. Hallo?`Siehtse nich. Du checkst einfach gar nix, oder?, fragtse. Wasn?, frag ich. Es ist egal, sagtse. Es is einfach wahnsinnig egal. Und du. DU stehst da. Wie ne graue Leibhaftigkeit von Egal sein an sich. Häh?, frag ich. Ach, sagtse. Dreht sich in Kissen. Wasn los?, frag ich. Was wohl!?, ruftse. Alles egal geworden. Mit dir is alles egal geworden. Ja, sag ich. Und? Ja wie und?, fragtse. Was solln wa denn jetzt machen?, fragtse. Versteh die Fragen nich. Warum solln wa denn jetzt was anderes machen als sonst so. Wollt doch immer was machen!, sagtse. Was willste denn machen?, frag ich. Na was!, sagtse. Alles! Immer alles! Fängtse an zu heulen. Schreit. Zappelt wie wild. Springt ausm Bett. Zieht sich aus. Steht vor mir. Nackt. Drückt sich an mich. Los, sagtse. Na los, sagtse. Guck ich auf die Uhr. Aber, sag ich. Muss zur Arbeit, sag ich. Und: Ruf doch ma die Kinder an, sag ich. Vielleicht wissn die was. Drehtse sich um. Holt sich was ausm Schrank. Roter Anzug. Zieht sich an. Holt sich hohe Schuhe. Sagt dabei kein Wort. Is fertig. Dreht sich zu mir. Will gehen. Dreht sich nochmal. Guckt mich an. Ja, sagtse. Mit dir, sagtse. Mit dir is alles egal geworden, sagtse. Dann nix mehr. Geht einfach.

0064.   Weiß jetzt nich so genau, was ich machen soll. Hinterher? Guck nochmal auf die Uhr. Muss aber jetzt wirklich los. Keine Zeit für sowas. Nachbar hat mich schon aufgehalten. Unnötig. Und: Muss ja weiter gehen. Auch wenn's egal is. Können jetzt ja nich einfach aufhören. So mit allem. Oder? Also ich nich. Kriegt sich schon wieder ein. Kleine Krise. Passiert. Komm ja bald wieder. Bring dann einfach Sushi mit oder so. Dann essen wir. Und dann geht's. Also los jetzt. Treppenhaus is komplett leer. Hör auch nix von oben. Die alte Frau unten is bestimmt schon einkaufen. Für sich und ihren Sohn. Das is auch so einer. Is die ganze Zeit drinnen. Sieht man kaum. Macht nix. Also bestimmt macht der nix. Und andere Leute müssen arbeiten. Nur damit der nix machen kann. Und das soll jetzt auch egal sein. Aber: Wie schlimm muss es sein, wennde nix gemacht hast und das is jetzt auch noch egal. Dann lieber was tun. Auch wenn's egal is. Weil, dann kann es nich egal sein. Hm. Is aber offiziell. Im Büro werdense mehr wissen. Im Büro sind normale Leute. Werden wissen, was nun egal is. Und was nich. Weil, Regeln muss es ja geben. Auch wenn der Nachbar was anderes sagt. Ohne Regeln geht's nich. Kann ja auch nich einfach nackt rausgehen. Gibt ja direkt ne Anzeige. Direkt. Oder einfach auf die Straße machen. Oder so. Das ist eine gute Stadt. Ein gutes Land. Hier wissen die Behörden mit sowas umzugehen. Die wissen genau, was zu tun is, wenn's egal is, was zu tun is. Vollkommen klar.

0065.   Auf der Straße is alles normal. Klar. Was soll auch sein? Chaos? Nein. Hier rastet niemand aus. Alle tun, was se tun müssen. Stehn an der Haltestelle. Warten auf die Bahn. Entspannt. Käffchen. Zigarette. Handy. Stell mich dazu. Kommt die Bahn in nem Affenzahn angerauscht. Wusst gar nich, dass die so schnell sein können. Spring n Stück zurück. So aus Reflex. Sonst aber niemand. Merken die das nich? Oder was? War doch fahrlässig. Geht nich sowas. Steig ein. Geig dem Fahrer die Meinung. Schrei so richtig rum. Wasn los sei? Wo liegtn das Problem? Und so. Guckter nur. Drückt aufn Knopf. Gehn die Türen zu. Gibt Gas. Flieg durchn Gang. Kann grad so ne Stange packen. Setz mich lieber. Guck rum. Will Vestärkung holn. Und dann nochmal richtig nach vorn. Aber: Niemand guckt. Ganz allein will ich auch nich. Trotzdem. Viel zu schnell. Lebensmüde oder was? Endlich die nächste Haltestelle. Spring raus. Geh lieber zu Fuß. Rauscht die Bahn weiter. Okay, denk ich. Alles egal. Versteh ich. Und manche kommen damit nich klar. Versteh ich auch. Also n bisschen. Weil, bringt doch nix. Also ausrasten. Bringt doch nix. Wär dann ja auch egal. Nüchtern bleiben. Das is die Devise. Muss die Devise sein.   Ordnung. Ordnung an vorderster Front. Is wichtig. Schon immer. Auch und vor allem bei Krisen. Und: Auch wenn ichs nich glauben kann, aber scheint ja ne Krise zu sein. Also für die anderen. Wenn's egal wird, also alles, dann wird's zur Krise für alle. Is das normal? Dachte immer, wenn einer normal is, dann ich. Aber bin vielleicht gar nicht normal. Normal sein, heißt ausrasten, wenn's egal wird. Okay, denk ich. Bin dann halt anders normal. Gibt's auch.

0066.   Im Büro: Alle Lichter aus. Guck auf die Uhr. Bin fast zwanzig Minuten zu spät. Kann nich sein. Aber is echt niemand da. Geh in alle Räume. Durch alle Gänge. Kein Tastaturklappern. Kein Gequatsche. Kein Kaffeegeruch. Nichts. Geh trotzdem an meinen Tisch. Fahr den Rechner hoch. Letzte Mail von vorgestern. Alle Termine für heute gestrichen. Okay, denk ich. Ruf den Chef an. Der arbeitet. Der muss arbeiten. Hat die Firma alleine hochgezogen. Hat alles reingesteckt. Seine Ersparnisse. Seine Zeit. Seine ganze Leidenschaft. Hat ihn die Ehe gekostet. Aber das war's wert. 500 Millionen Umsatz. Weltmarktführer. Klar, Nische. Trotzdem. Diese Firma steht auf stabilen Beinen. Für die Ewigkeit. Oder, also, da muss es schon einer richtig verkacken, um das Ding gegen die Wand zu fahrn. Too big too fail. Ruf also den Mann an, der alles aufgebaut hat. Der fünftausend Mitarbeitern weltweit ne Perspektive gegeben hat. Geht aber nich ran. Klingelt. Und klingelt. Und klingelt. Leg auf. Probier's nochmal. Hör so n Summen. Summt von nebenan. Lass es klingeln. Geh rüber. Mach Licht. Liegter da. Betrunken. Völlig dicht. Handy nebendran. Summt noch. Leg auf. Will ihn hochziehn. Geht nich. Chef, sag ich. Antwortet nicht. Is völlig fertig. Haltn Finger an den Hals. Kein Puls. Haut ist auch total grau. Will wieder beleben. Fang an zu pusten. Nichts. Einfach nichts. Merk, wie ich einfach nur da steh. Aufn Chef guck. Da liegtn starker Mann. Keine Krise konnte den umhauen. Nichts war zu schwer. Und immer gute

Laune. Alles weg. Alles egal. Merk die Trauer. Merks plötzlich. Heftig. Und das is gar nich egal. Absolut nich egal. Wie der da liegt. So grau. Einfach nur grau. Kanns nich sehen. Kanns nich mit ansehen. Lass ihn einfach. Dreh mich weg. Lauf raus. Auf die Straße. Muss schreien. Schrei so laut es geht. Niemand störts. Niemand sagt, ich soll leise sein. Alle gehen einfach weiter. Is allen einfach egal.

0067.   Also rennen. Renn einfach los. Renn so schnell ich kann. Renn bis die Brust brennt. Bis die Beine schmerzen. Bis alle Luft verbraucht ist. Und dann. Dann renn ich weiter. Nach Hause. Wo alles normal ist. Wo es nicht egal ist. Nicht egal sein sollte. Wo sie wartet. Auf mich. Hoffentlich. Weil, wenn alles egal ist, dann sind wir es nicht. Sie und ich waren nie egal. Werden nie egal sein. Wir sind die Ordnung. Sind unsere eigene Ordnung. So wie es sein soll. Und niemals egal. Renn also die Treppe rauf. Renn zu unserer Tür. Tret sie fast ein. Ruf nach ihr. Hey, ruf ich. Nochmal. Und lauter. Aber: Sie is nich da. Sie ist unterwegs. Macht sonstwas. Macht alles Mögliche. Nur damit es nich egal is. Muss sie suchen. Muss sie finden. Geh raus. Is mein Nachbar da. Frau is weg, sag ich. Helfense mir, sag ich. Winkt er mich rein. Guck mich um. Ekelhaft hier. Egal. Brauch Hilfe. Bietet Gin an. Ja, denk ich. Genau das richtige, denk ich. Von vorn, sagt er. Ja, sag ich. Bin zur Arbeit, sag ich. Ruf ich kurz vorm rausgehen noch: Schönen Tach. Und: Bis heut Abend. Aber, kommt nix zurück, sag ich. Liegt die Frau im Bett. Heult. Warum, fragt er. Ja, warum, sag ich. Hab ich auch gefragt. Trink n Schluck. Tut gut. Sie so: Wollt immer was machen. Jetzt isses egal. Was wolltse denn machen, fragt er. Ja, sag ich. Hab ich auch gefragt. Und sie so: Alles. Also nix, sagt er. Häh, denk ich. Alles geht nich, sagt er. Entweder entscheiden oder lassen, sagt er. Kann sein, sag ich. Is jetzt aber trotzdem weg. Kam sonst nichts?, fragt er. Nur eins, sagt ich. Mit dir ist alles egal geworden, hat se noch geschrien. Und dann raus. Guckt er so. Denkt nach. Trink ich weiter den Gin. Warte kurz. Werd ungeduldig. Helfense mir sie zu finden?, frag ich. Nickt er.

0068.   Stehter auf. Ich auch. Zieht sich n roten Bademantel an. Gelbe Gumistiefel. Pelzmütze. Häh? Is Juni. Brutale Hitze da draußen. Is doch egal, sagt er. Nick ich. Zieh mir die Hose aus. Bind mir die Hosenbeine um die Stirn. Spring ihm aufn Rücken. So geht's raus auf die Straße. Fragter beim Laufen: Was hatse denn so gemacht? Normal, sag ich. Kleinstadt, Studium, Großstadt, Job gefunden. Heirat. Kinder. Hausfrau. Kinder ausm Haus. Hobby gesucht. Städtereisen gemacht. Zuletzt Koblenz. War schön. Weiß ich noch. Schöne Erinnerung. Aber keine Zeit jetzt. Lässt er mich runter. Gehen jetzt nebeneinander. Sagt nix. Sag ich auch nix. Gehen dann langsamer. Bleiben stehn. Direkt vorm Krokodil. Will eigentlich weiter. Aber ja. Gin läuft gut. Außerdem isses das Krokodil. Bester Gin der Stadt. Also rein da. Bestellen Gin. Fragt der Barmann: Welchen? Is egal. Nee, sagt er. Holt die Karte: TEANQUERAY LONDON DRY, BOMBAY SAPPHIRE, DUKE MUNICH, HENDRICK'S, LONDON NO. 1 BLUE, BLACK, BLACKWOOD VINTAGE, BULLDOG LONDON, MOM, FERDINAND SAAR, FILLIERS 28, MARE, BRANDSTIFTER, HEIDELBERG, LAW IBIZA, MONKEY 47, TONKA, SIEGFRIED RHEINLAND, ELEPHANT LONDON, CLOUDS BIO, SUL, BROOKLYN. Gin is nich egal, sagt der Barmann. Alles is egal, sagt mein Nachbar. Gin nich, sagt der Barmann. Wird's mir zu bunt. Lehn mich rüber. Hau dem Barmann voll eins in die Fresse. PISSNELKE!, schrei ich. ALLES EGAL!, schrei ich.

Nehm n Hocker. Werf ihn in die Gläser. Nehm noch n Hocker. Dresch auf die Theke ein. Hab irgendwann nur noch n Bein inner Hand. Los geht's, schrei ich. Renn mitm Bein nach draußen. Auf die Straße. Is dunkel mittlerweile. Egal. Alles egal. Renn einfach wieder. Renn weiter. Geb richtig Gas. Schmeiß irgendwann das Bein weg. Guck mich um. Bin allein. Nachbar is nich mitgekommen. Egal oder was?

0069.　Steh dann so. Steh einfach auf der Straße rum. Kommt n Mann vorbei. Trägt Mandarinen in so nem Netz. Holt eine raus. Hältse mir hin. Danke, sag ich. Holt er noch eine raus. Fängt an zu schälen. Schäl ich auch. Stehn wa da. Essen Mandarinen. Hab immer noch die Hose um die Stirn. Ziehse wieder an. Danke für die Mandarine, sag ich. Nickt er. Geht weiter. Schmeiß die Schalen auf die Straße. Is egal. Hol mein Handy raus. Keine Nachrichten. Geh rüber. Rüber zum Fluss. Hol weit aus. Fliegt das Handy fast bis rüber. Fast. Platscht dann doch ins Wasser. Schönes Geräusch, denk ich. Nehm meinen Schlüssel. Schmeiß ihn hinterher. Zieh die Schuhe aus. Auch ins Wasser. Hose. Polo. Unterwäsche. Steh jetzt nackt am Ufer. Ja, denk ich. Is doch egal. Is alles egal. Geh rein. Geh ins Wasser. Is kalt. Macht nichts. Juni. Schwimmen im Fluss. Geh immer weiter. Wird immer tiefer. Paddel in die Mitte. Lass mich treiben. Das Wasser is dreckig. Stinkt. Isn Binnengewässer. Tanker mit Schrott. Getreide. Keine Ahnung was. Fahren hier täglich rum.　　Kleine　　Ausflugsdampfer.　　Große Restaurantschiffe. Aber heute nich. Heute fährt hier nix. Egal,　oder　was?　Keine　Zeit　drüber nachzudenken. Da vorne is erstmal Schluss. Da vorne hörts auf. Kein Wasserfall. Nein. Nur ne Schleuse. Is okay, denk ich. Wollt ich schon immer mal probieren. Wollt mich schon immer mal die Schleuse　runtertreiben　lassen.　Einfach　um　zu gucken, obs geht. Rauscht ordentlich. Ganz schön laut so ne Schleuse. Die Tore sind offen. Lass mich fallen. Werd gezogen. Immer stärker. Immer heftiger. Da. Jetzt kommt's. Jetzt geht's runter. Ja, hat alle seine Ordnung hier.

0070.   TOD – 3. Stock

0071. Lieg' ich zuhause aufm Rücken. Bettdecke hebt sich. Auf. Ab. EKG-Gerät piept. Eltern guckn verschämt. Flüstern. Kann trotzdem hörn was se sagen. Nervt. Vor allem: Habs ja auch gehört. Hab den Zettel gesehn. Lag inner Akte. Geschreibsel drauf: ALLE HABEN IHREN ZWECK ERFÜLLT. JEDWEDE VON WEM AUCH IMMER DURCHGEFÜHRTE MASSNAHME, TÄTIGKEIT ODER HANDLUNG WIRD GEMÄSS RAHMENVETRAG AB SOFORT ALS IRRELEVANT BETRACHTET. So richtig offiziell. Alles egal. Scheiße. Also warum flüstern die jetzt noch? Flüstern is auch egal. Piepen ist egal. Dass die Bettdecke sich hebt, is egal. Aber klar. Sind halt Eltern. Denken, wär besser gewesen, wenn ich noch n bisschen mehr Zeit gehabt hätt. Also so Zeit für alles. Fürs groß werden und so. Bin mir aber gar nicht sicher, ob ich die Zeit überhaupt haben will. Am Ende flüstern die dann alle immer weiter. So hintenrum. Hinter mir. Scheiß Flüstern. Solln lieber schreien. Schreien, wie unfair es ist. Also alles. Und im Grunde nich egal. Einfach nur unfair. Denn klar: Hier könnte heute auch n Massenmörder liegen. Oder n Vergewaltiger. Oder n Bankräuber. Oder so. Liegt aber nich. Liegt n Junge hier. N Kind. Also fast noch Kind. 14. War gestern noch Kind. Also gefühlt. Und gestern hat's auch noch was bedeutet. Aber heute. Heute nich mehr. Heute liegt hier n Kind. Stirbt. Und es is egal. Oder was? Darf sowas egal sein? Sollte nich gerade sowas eben nich egal sein. Für Eltern is es das nämlich nich. Also nich egal.

Und wird sicherlich auch nie egal sein. Aber was is denn dann überhaupt noch wichtig? Oder andersrum: Is es egal, dass es den Eltern nich egal ist? Vielleicht so. Vielleicht ist wirklich einfach alles egal. Tot sein auch.

0072. Aufm Tischchen liegt die Akte. Allerlei Geschreibsel. Unleserlich. Habs versucht. Brauchs aber auch nicht lesen. Das Übliche halt. Torax hier. Kollaps da. Lunge im Arsch. Merk ich selbst. Bettdecke hebt sich. Langsam. Bisschen zu langsam. Bisschen zu unentspannt. Bisschen so wie die Eltern. Unentspannt. Und dann halt noch dieser Zettel. Da stehts drauf. Lehn mich rüber. Will den greifen. Komm nicht ran. Also nich richtig. Krieg nur die Ecke zu fassen. Zieh dann. RUMMS. Fällt die Akte aufn Boden. Hat ne Flasche mitgerissen. Scheppert ordentlich. Aber: Fliegt gern ma was aufn Boden. Also bei uns. Eltern sind dann immer nervös. Wegen den Nacharn und so. Aber: Kennt der Typ untendrunter schon. Rumpelt hat mal. Also egal. Dafür hab ich den Zettel jetzt inner Hand. Les nochmal. Kann's nich richtig glauben. Aber scheint für alle zu stimmen. Ab jetzt isses egal. Ich lieg hier rum und plötzlich isses egal. Auch mit Lunge und Kollaps und so. Einfach alles egal. Aber. Was richtig nervt: Alle Tätigkeiten, Handlungen und Maßnahmen sind egal. Son Mist. Hab noch gar keine Handlung hinter mir. Lag doch die meiste Zeit. Bei mir isses also richtig ätzend: Ein Leben im Liegen. Einfach egal. Wann stand ich denn das letzte Mal? Is lange her. Konnt kaum laufen, da gabs schon n ersten Kollaps. Wusst erst niemand so genau. Also was los und so? Ham sich erstmal alle erschreckt. Son Einjähriger röchelnd am Boden. Mies. Aber dann fings kämpfen an. Denn so einfach geht's nich. So einfach kollabieren will ja niemand.

Auch kein Einjähriger. Bin dann also wieder aufgestanden. Weiter geatmet. Ging auch. Klar. Normalerweise reicht ja liegen. Also einfach liegen bleiben und dann geht's halt wieder. Irgendwann. Aber nich immer. Manchmal. Selten. Bleibt's nicht beim Kollaps. Dann verengen sich auch noch die anderen Teile. Und dann wird's richtig mies. Noch mieser. Dann nennt sich das COPD. Aber nicht so cool wie so n Amicop ausm Film. Nee. Chronic obstructive pulmonary desease. Is Englisch. Heißt die Lunge is am Arsch. Bleibt am Arsch. Is nämlich nich heilbar. Und so mit Kollaps und verengter Lunge im Bett liegen und warten, dass es heilbar wird, also das bringt's einfach nicht. Und jetzt. Jetzt is auch noch alles egal geworden. Also auch der COPD. Und der Kollaps. Und mein Rumliegen.

0073. Besser wärs, wenn's ohne Lunge und Kollaps egal geworden wär. Dann wär ich nämlich da draußen. Aber sowas von. Würd machen. Einfach machen. Würd einfach mal Auto fahren. Bin zu jung. Weiß ich. Scheiß egal. Einfach mal machen. Vielleicht was umfahren. Nur um mal zu guckn, wie es ist, was umzufahren. Wie fahrn überhaupt ist. Würd dann beim fahrn auch rauchen. Find bestimmt jemanden, der mir Kippen verkauft. Weil, is ja jetzt alles egal. Also auch für die anderen. Und dann würd ich zu ner Kneipe fahren. Würd mir ordentlich viel Gin reinfeuern. Inner Kneipe. Gibt nämlich so Gin-Kneipen. Weiß ich. Einer ausm Haus, Schmitt oder so, der kennt die. Den hab ich mal mit meinem Vater drüber reden hören. Den Schmitt würd ich vielleicht sogar mitnehmen. Also wenn's egal ist. Oder vielleicht lieber seine Frau. Siehtn bisschen aus, wie ne Lehrerin von mir. Frau Berentzen. Ham die immer Fräulein B. Genannt. Also als es noch ging. Das mitm atmen und so. Als ich noch zur Schule ging. Frag mich, ob Schule jetzt auch egal is. Und wenn ja: Was machen denn alle jetzt so. Bestimmt nich beim Erdkunde-Otto sitzen und was vom Ural vorlesen lassen. Ural. Der war schon immer egal. Weiß nix mehr drüber. Is das n Fluss oder n Berg? Oder so ne Bergkette? Weiß echt gar nix mehr drüber. Wenn einmal die Lunge kollabiert, wird vieles egal. Also auch ohne Zettel. Ohne Bestätigung. Wenn Atmen nich mehr geht, dann isses egal was Erdkunde-Otto übern Ural sagt. Was er insgesamt sagt. Und, ehrlich jetzt: Auch der Rest. Goethe und so. Oder der andere da. Weiß nich mehr. Alles egal. Denn, auch wenn der sicher mega gute Dinge gemacht hat. So Geschichten und so. Hilft mir nich beim Atmen. Maik hatma sowas gesagt. Was noch gleich? Ah: Wie solln so n Goethe mir später bei der Steuererklärung helfen? Hat er so gefragt. Mitten in Deutsch. Da hat der Raukel aber geguckt. Also der alte Raukel is der Lehrer. Hat aber nur kurz so geguckt. Weil, dann hat er gleich gefragt, ob Maik denn lieber was über die Steuer lernen will. Und Maik so: Klar, wenn mit Goethe dann Schluss is. Nickt der Raukel nur. Holt dann so n Ordner raus. Fängt an so Zahlen an die Tafel zu schreiben. Von wegen Einkommen hier. Und Ausgaben da. Und weil er n Lehrer is, hat er n Schreibtisch zuhause. Aber weils nur n Tisch is und kein Büro kann er das irgendwie nich richtig angeben. Und dann labert der Raukel den Rest der Stunde nur noch über so n Zeug. Und Maik so: Boah, nee! Und dann hamwa gesagt, wir würden lieber nochmal das Ding mitm Teufel hörn. Siehste! Hat dann der Raukel gesagt. Meinte so: Steuer und so und der ganze Rest vom Erwachsenenzeug is mega ätzend. Und wir solln froh sein, erstmal nur so Kackmist zu lernen. Hat der echt gesagt: Kackmist. Über Goethe. Krasser Deutschlehrer. Danach ham den alle respektiert. War aber vorher eigentlich auch schon cool. Mehr als Erdkunde-Otto auf jeden Fall. Aber das ist ja jetzt auch egal.

0074.   Wobei: Wenn alles egal is. Dann kann ich auch alles einfach lassen, oder? Könnte auch hier und jetzt einfach alles lassen. Könnte aufhören zu atmen. Tut eh scheiße weh. Atmen. Tat schon immer weh. Und seit kurzem halt so richtig scheiße weh. Also lassen. Aber dann kommense. Weiß ich. Dann schaltense die Geräte an. Machen ordentlich Luft. Keine Ahnung, was die sich denken. Vielleicht: So soll er nich gehen. Sowas denkense vielleicht. So nicht, denkense. Und: Hat er nicht verdient. Viel zu jung. Aber ab wann hab ichs denn verdient? Eigentlich? Vor allem wenns egal ist. Gibt's da ne Grenze? Ne Obergrenze? So mit 20? 30? 40? Oder eher so voll alt. Mega alt. 110 oder so. Oder kommts drauf an, was ich so gemacht hab? Okay, da wär ich dann echt raus, weil, konnte ja kaum was machen, wegen Lunge eben. War ja hauptsächlich hier. Also im Haus. Wenigstens Mehrparteienhaus. Unten irgendwo son Mathefreak. Noch weiter unten seine Mutter. Dann so komischer mit Brille. Dann der Schmitt halt. Mit Frau. Die sind so'n Hipster Pärchen. Sie immer voll schick. Er so n bisschen spießig. Aber hipster-spießig. Und dann eben wir so. Die flüsternden Alten. Und ich. Über uns dann noch n Typ. Kenn ich aber nich. Und einer, der aussieht wie n Fahrkartenkontrolleur. Vermutlich weil's einer is. Hab aber beide nur ganz selten mal gesehen. Hör aber oft was. Immer mal wieder. Wie die Mutter vom Mathefreak zum Mittach ruft. Wie die Frau vom Hipster telefoniert. Schreit immer voll ins Telefon. So als ob die die

Entfernung überbrücken müsst. Nich so hysterisch. Halt einfach laut. Und riechen kann ich die auch. Badet in so Duftzeug. So riechts zumindest. Wär cool, wenns so ne Shazam-Funktion für Gerüche gäb. Also statt Mikro hinhalten und Lieder erkennen lassen. Was für n Schwachsinn mir einfällt, wenn ich lange genug liege. Pure Langeweile. Klar, könnt Goethe lesen. Ha Ha. Langsam brennen hier alle Sicherungen durch. Vielleicht wird's Zeit ma aufzustehen. Rausgehen. Die Frau vom Hipster beschnuppern. Einmal kräftig einatmen. Auch wenn's weh tut.

0075.   Pflegekraft kommt rein. Schon die Fünfte. Gab da mal n Typ, der hat zu viel geredet. Dann war da ne Alte, die hat zu wenig geredet. Dann wieder n Typ – diesmal mit Mundgeruch. Dann noch n Typ in Latschen und voll auf Naturheilkunde. Hat in echt n Räucherstäbchen angezündet. Bei mir. Also dem mit der kaputten Lunge. Geht's noch? Seit kurzem wieder ne Frau. Halbjung. Glaub ich. Keine Brille. Keine Tasche. Keinen Plan von meiner Akte. Noch nicht. Und?, fagt sie. Muss, sag ich. Heute schon Stuhl gehabt?, fragt sie. Greif ich unters Bett und schieb die Kiste vor. Nickt sie. Nimmt die Kiste und stelltse neben die Tür. Gings?, fragt sie. Muss, sag ich. Guck in die Akte, denk ich. Guck in die Akte. Kannst doch nich hier reinmarschieren und nie in die Akte gucken. Also: Guck in die Akte. Gucktse aufn Tisch. Ziehtn Zettel raus. Liest. Zeigt'n mir. Schon gehört?, fragt se. Nich ihr ernst, denk ich. Die will jetzt nich wirklich über den Egal-Mist sprechen. Schütteltse den Zettel inner Hand. Guckt mich an. Is egal, oder?, fragt se. Wasn?, frag ich. Alles, sagt se. Kommt drauf an, sag ich. Nee nee, sagt se. Is auf jeden Fall egal, sagt se. Kommt n Stück näher. Wie alt biste nochmal?, fragt se. Steht in der Akte, sag ich. Akten sind egal, sagt se. Setzt sich aufs Bett. So an die Seite. Dir wächst doch schon n Bart, sagt se. Fühlt mein Kinn. Also wennde richtig sensible Finger hast, dann spürste da vielleicht n bisschen was. Fasst sie auch hin. Streichelt. Dreh mich weg. Zucktse kurz. Steht dann auf. Okay, sagt se. Egal, sagt se. Geht dann raus. Wasn jetzt mit der Akte?, ruf ich. Hörtse nich. Scheint egal zu sein.

0076. Also, jetzt aber: Einatmen. Füße rausschwingen. Aufstehen. Geht schon. Wackelig. Und: Stehn. Atmen. Schmerz? Passt. Jetzt irgendwie anziehen. Und dann: Rausschleichen. Sitzen zum Glück nich vor der Tür. Die flüsternden Alten. Sitzen inner Küche. Im Wohnzimmer. Flüstern. Tuscheln. Hör ich. Lauter diesmal. Son gedrücktes, stechendes, zankendes Flüstern. Sind sich bestimmt nich einig. Solln was ihm sagen? Würd er's verkraften? Machen sich Sorgen. Weiß ich. Is okay. Können nich anders. Eltern halt. Will trotzdem raus. Auch wennse dann sicherlich umfallen vor Sorge. Aber geht nich anders. Also: Hose an. Shirt an. Schuhe an. Nee. Schuhe wieder aus. Auf Socken in den Flur. Richtung Tür. Wohnungstür quietscht nicht. Aber isn bisschen verzogen. Schlüssel brauch ich auch. Schleich anner Küche vorbei. Radio is an. Gedudel. Last Christmas. Echt jetzt? Is doch Juni. Egal. Flüstern. Schlüssel hängt am Haken. Direkt neben der Tür. Zieh dran. Ganz leicht. Ultraleicht. Macht nur leise klick. Öffne gleichzeitig die Tür. Bin schon mit einem Fuß draußen. Geht die Küchentür auf. Jetzt oder nie. Schnell raus. Tür zu schmeißen. Treppe runter. Hetzen. Atmen. Nicht vergessen zu atmen. Brennt wie Hölle. Adrenalin schießt ein. Bin schon zwei Stockwerke weiter. Hör wie oben die Tür nochma aufgeht. Hallo?, fragt die Mutter. Trampel ich weiter. Trampel nach ganz unten. Renn fast den Fahrkartenkontrolleur um. Sieht verkrampft aus. Renn also an dem vorbei. Renn raus auf die Straße. Um die Ecke. Steht da die

Pflegekraft. Rumms. Voll reingerannt. Halten uns kurz fest. Schauen uns an. In die Augen. Sind blau. Ihre Augen. Sehr blau. Stehn dann so ne Weile da. Halten uns fest. Hallo, sagt se. Und: Wo geht's denn hin? Raus, sag ich. Na, sagt se. Biste ja jetzt. Nick ich. Gucktse mich an. So von oben nach unten. Merk jetzt erst, dass se n bisschen kleiner ist. Also als ich. Obwohl se ja bestimmt zehn Jahre älter ist. Egal. Is mir nur aufgefallen, weils komisch is, wie se mich so von oben nach unten mustert. Und dabei halt kleiner ist. Okay, sagt se dann. Dann lass mal los. Nimmt mich an der Hand. Zieht mich die Straße runter. Da kommt die Bahn. Einsteigen. Hinsetzen. Niemand spricht.

0077. Sind nich viele Leute hier. Is vielleicht immer so? Keine Ahnung. Bin praktisch noch nie Bahn gefahren. Und bin n bisschen froh, nich allein zu sein. Gar nicht gemerkt: Halt ihre Hand. Die is warm und n bisschen feucht. Fühlt sich gut an. Fang trotzdem an zu schwitzen. Mehr vor Anstrengung als vor Hitze. Atmen fällt schwer. Rennen hilft da nicht. Könnt ewig hier sitzen bleiben. Könnt hier sitzen bleiben und aufhören zu atmen. Einfach so. Einfach jetzt. Setting stimmt aber nich ganz. Leute sehen komisch aus. Is das da vorne der Typ ausm Haus? Der mit der Brille? Kanns nich genau erkennen. Sitzt noch einer nebendran. Will genauer hinsehen. Läuft der Schweiß in meine Augen. Brennt wie Sau. Lass es. Guck lieber ausm Fenster. Stadt fährt vorbei. Wird vorbei gefahren. Bisschen grau. Bisschen grün. Bisschen dreckig. Drückt sie meine Hand. Guck ich. Nickt se mir zu. Schön, oder?, fragt se. Weiß nicht genau, was se meint. Will grad fragen, kommt der Schaffner. Fahrkarten, sagt er. Fang an zu kramen. Hab keine. Wie auch. Ging alles zu schnell. Chill, sagt se. Hab ne Monatskarte. Kann dich mit drauf nehmen. Is okay. Schaffner is eh noch nich fertig. Quatscht mit den anderen. Wird diskutiert. Anscheinend gibt's da kein Ticket. Jetzt wird's wild. Schaffner telefoniert. Typ guckt nur. Nicken. Gucken. Schaffner geht. Geht einfach vorbei. Komm, sagt se. Springt auf. Fall hin. Hebtse mich hoch. Werd getragen. Von ihr. Gutes Gefühl. Besser als Handhalten. Guck nochmal innen

Waggon. Seh den Typ mit der Brille. Leere Augen. Bahn fährt weiter. Weg isser.

0078.   Stehen auf nem Platz. Überall Leute. Gehen irgendwohin. Zielstrebig. Wohin gehen die? Hat mich immer gewundert. Auch vorher. Wo müssen immer alle hin? Nie verstanden. Klar: Musste ja nirgendwo sein. War zu sehr mit atmen beschäftigt. Blieb keine Zeit für Termine. Heute isses aber anders. Ja. Leute gehen. Irgendwohin. Laufen durch die Gegend. Machen aber nur auf zielstrebig. Viele schnelle Schritte. Aber zu energisch. Viel zu energisch. Und die Augen erst. Wie der Typ inner Bahn. Leer. Einfach leer. Hier hat niemand ein Ziel. Wir auch nich? Nein. Wir auch nicht. Gehen also los. Gehen übern Platz. Halten unsere Hände. Halten uns fest. Muss sein. Gemeinsam ohne Ziel. Fühlt sich nicht so ziellos an. Ziehtse mich in ne Ecke. Ganz hinten vom Platz. Dreht sich rüber. Nimmt mein Gesicht zwischen ihre Hände. Streckt die Zunge raus. Schiebtse mir in Mund. Schräges Gefühl. Vergess zu atmen. Hände verkrampfen. Alles dreht sich. Lässt sie los. Geht n Schritt zurück. Guckt. Und?, fragt se. Hmm, sag ich. Konnt nich atmen, sag ich. Is doch egal, sagt se. Is alles egal. Und: Lieber so aufhören, als anders. Wie anders?, frag ich. Als im Bett. In irgendnem Haus. Mit irgendwelchen Leuten. Die Alten?, frag ich. Ja, sagt sie. Die Alten. Oder verstehn die's etwa?, fragt sie. Zuck die Schultern. Versteh's selbst nich, sag ich. Stecktse mir nochmal die Zunge innen Mund. Länger diesmal. Merk wie sich Druck aufbaut. Lunge brennt. Schmerzt. Alles heiß. Steht da plötzlich einer. Hat n Netz Mandarinen dabei. Hat eine geschält. Hältse mir hin. Willste ne Mandarin?, fragt er. Nee danke, sag ich. Pflegekraft zuckt so. Zuckt so zu ihm hin. Hau ab, sagtse. Hau bloß ab. Warum?, fragt er. Weilde nervst, sagtse. Schnappt se sich die Mandarine und knalltse ihm ins Gesicht. HAU JETZT AB!, schreit se. Typ wischt sich mit der Hand die Mandarine ausm Gesicht. Bleibt aber stehen. Mann ey, sagt sie. Nimmt meine Hand. Zieht mich weg.

0079.　Gehn übern Platz. Rempeln fast ne alte Frau um. Vollbepackt. Ist das nicht…? Weiter geht's. Immer weiter. Luft wird knapp. Kann kaum mithalten. Muss aber mit. Is klar. Nich nur weil's egal. Sondern weil's wichtig ist. Weil's das einzige is, was noch wichtig is. Für mich. Vielleicht auch für sie. Vielleicht sogar noch mehr für sie. Wer weiß. Halt mich an sie. Halt mich fest. Anner warmen, feuchten Hand. An ihrer Zunge. Lass mich ziehen. Durch die Leute. Durch die leeren Leute. Irgendwann wird's klar. Weiß genau, wohin es geht. Da vorne isses. Bar Krokodil. Da willse hin. Stehen auf der anderen Straßenseite. Auch ne Bar. Volles Haus. Die is scheiße, sagt sie. Billiger Abklatsch, sagt sie. Echten Gin gibt's nur im Krokodil, sagt sie. Glaub ihr. Muss ihr glauben, weil, hab eh keine Ahnung. Also rüber. Wollen gerade rein, fliegt die Tür auf. Schmitt kommt raus. Ohne Hose. Alles egal!, schreit er. Rennt die Straße runter. Guck ich. Kommt der Typ mit Brille raus. Guckt Schmitt hinterher. Zuckt die Schultern. Geht in die andere Richtung. Wir dann rein. Drinnen: Alles demoliert. Gläser im Arsch. Barhocker im Arsch. Scheint keinen zu interessieren. Alle sitzen. Trinken. Gucken kaum. Schau dann übern Tresen. Liegt da einer. Barmann? Hätt gern den besten Gin, sag ich. Den besten Gin überhaupt, sag ich. Drehter sich rum. Holt ne Flasche ausm Regal. BOAR Premium Gin. Boah ey, denk ich. Schnapp die Flasche. Pflegekraft lacht. Zieht mich annen Tisch. Gießt ein. Trinkt. Schau das Glas an. Schaue es genau an. Erste Mal trinken. Erste Mal Alkohol. Egal, denk ich. Nehm das Glas. Kipps runter. Ekelhaft. Einfach nur ekelhaft. Muss würgen. Aber kaum husten. Schenkt sie nach. Stößt an. Trink, sagt se. Trink dann. Zweites Glas geht besser. Dann noch n drittes. N viertes. Nachm fünften, packt se mich. Packt mich am Kragen. Zieht mich rüber. Zieht mich übern Boden zu ihr aufn Stuhl. Sitz fast auf ihr'm Schoß. Strecktse wieder ihre Zunge raus. Schiebtse mir in Mund. Drückt zu. Kann hörn wie se atmet. Wie se durch die Nase atmet. Versuchs selbst. Geht nicht. Geht gar nicht. Spür ihre Zunge. Ihren Atem. Ihren Gin-Atem. Spür wies mir in die Nase fährt. Von der Nase direkt ins Hirn. Ins Kleinhirn. Oder egal wohin. Und das reicht, denk ich. Reicht einfach, denk ich. Ihr Atem reicht. Alles reicht. Alles ist egal. Und dann. Dann lass ich's einfach. Lass es einfach sein. Im Krokodil. Is ja egal.

0081.   Lieg ich zuhause aufm Rücken. Drückt die Bedeutung der Welt massiv auf die Brust. Setz mich auf. Earl Grey hilft. Meistens. Diesmal nicht. Schmeckt nach Rattenpisse. Bergamottenpisse. Schau in den Spiegel. Dicke Nase. Graue Haare. Müde Augen. Hab schonmal besser ausgesehen. Setz mich inne Küche. Schlürfn Tee. Noch zu heiß. Verbrenn mir fast die Zunge. Sag es laut: Heißer Tee. Das scharfe ß brennt am Gaumen. Kann es hören und spüren und sehen. Muss es nur sagen. Schon ist es da. Überall. Nehm die Tasse zwischen die Hände. Wärmt. Ist nicht zu heiß. Puste über die Oberfläche. Bilde mir ein, damit kühlter ab. Nipp dran. Fühlt sich kühler an. Fühlt sich trinkbar an. Nur durch einen Puster. Macht keinen Sinn. Placebopuster. Will nochmal trinken. Klopfts. Guck zur Tür. Fliegtn Zettel unten durch. Segelt übern Boden. Bleibt genau vor mir liegen. Hab immer noch die Tasse in den Händen. Guck aufn Zettel. Geschreibsel drauf: ALLE HABEN IHREN ZWECK ERFÜLLT. JEDWEDE VON WEM AUCH IMMER DURCHGEFÜHRTE MASSNAHME, TÄTIGKEIT ODER   HANDLUNG   WIRD   GEMÄSS RAHMENVETRAG   AB   SOFORT   ALS IRRELEVANT BETRACHTET. Hm, denk ich. Kann nich sein. Und wenn's so ist: Warum drückt die Bedeutung dann so schwer? Und sowieso. Wer in Versalien schreibt, hat nix zu sagen. Schreibt nicht schreit. Nein. Versalien sind Schreie. Nicht erst seit WhatsApp. Versalien kann ich spüren. Noch mehr bei trockenem Sinn. Bei Spuren von Bürokratie.

Und das lässt sich hier ja kaum verleugnen. Diese bürokratische Spur zwischen den Versalien. Wer nimmt sich da was heraus? Wo ist die Differenz?

0082.　Draußen vielleicht. Mach die Tür auf. Will aufn Gang. Hörse unten quatschen. Irgendson Geblubber. Hör kurz genauer hin. Geht um den Zettel. Geht um den Zweck. Klar, denk ich. Verstehns nich. Könnens nich mal ansatzweise verstehen. Glauben, sie müssen was machen. Oder nix machen. Dabei geht's doch gerade darum, dass es egal ist. Nix oder alles. Einfach egal. Jetzt redense auch noch über ihre Leben. Als obs nich eh schon egal war. Und Regel. Erst recht die Regeln. Will am liebsten schreien. Will runter schreien: In tausend Jahren sind wir alle tot! Dann ists sowieso egal. Aber nein. Würdense noch weniger verstehen. Lass es lieber. Kanns mir aber auch nich länger anhören. Wie dumm, denk ich. Geh wieder rein. Lieber nich auch noch an denen vorbeilaufen. Am Ende wollense was von mir. Schlimmstenfalls ne Einschätzung. Können ja nich ohne. Können ja nich selber denken. Brauchen immer jemanden. Irgendjemanden, der ihnen erklärt wie's ist. N Pfarrer oder so. Oder son hirnloser Philosoph oder so. Irgendeiner mit Bart und Kippe. Einer, der reden kann. Nicht denken. Nur reden. Hauptsache irgendwas Sinnloses über Zeit und Vergänglichkeit und Tod. Also ob's um sowas überhaupt geht. Ist doch alles egal. Jetzt und schon immer. Nur das Ich zählt. Hat gezählt. Das individuelle Ich. Alles andere war und ist immer nur die Idee von Bedeutung. Und jetzt? Ist selbst das egal geworden. Wenn nich sowieso schon alles am Ende wär, würd ich mir vielleicht sogar Sorgen machen. Aber lohnt sich nich. Hat sich womöglich niemals gelohnt. War immer egal. Ich war immer egal. Wir. Und alles andere. Pah, denk ich. Hör nochmal in den Flur. Niemand mehr da. Also: Treppe runter. Auf die Straße.

0083.   Draußen gehense als wär nix. Is ja auch nix. Aber wissen die ja nicht. Also normalerweise. Guck mich um. Seh meinen Nachbarn. Den von unten. Durchwühlt wie wild den Zeitschriftenstand. Also ob da was drinsteht. Is doch keine Meldung. Idiot. Jetzt telefoniert der. Dabei muss es doch ganz unbedingt klar sein: Alles ist egal und niemand weiß etwas. Was auch wiederum völlig egal ist. Will schon rüber gehen. Die Meinung geigen. Blendets mich. Autoscheinwerfen. Am helllichten Tag. Im Sommer. Das ist der Untergang der Menschheit. Und klar: Sind so aggressive, grelle Lichter im bösen Blick. Kann mich erinnern: Vor zwanzig Jahren gabs das schon. Autos mit dem bösen Blick. Krawallierende,   pubertierende,   hirnlose Autofreaks   ham   sich   Aufkleber   auf   die Scheinwerfer geklebt. Nur damit's so aussieht. Nur damit alle denken, was fürn harter Mensch in der Karre sitzen muss. Son Aggrofahrer. Immer Ärger machen. Immer die Schnauze weit aufreißen, ohne irgendwas sagen zu können. Und jetzt? Jetzt gibt's den Blick serienmäßig an den Autos. Jetzt kommen die so aus der Fabrik. Warum? Weil die Menschen das wollen. Weil die das kaufen. Weil die Aggrofahrer nicht mehr nur ein paar Hirnlose sind. Nein. Weil sie jetzt alle hirnlos sind. Nirgends zeigt sich   der   Untergang   der   Menschheit   besser. Autoscheinwerfer als Maß des Wahnsinns. Okay. Im Prinzip egal. Im Prinzip kann's mir egal sein. Spielt keine Rolle mehr. Aber für sich betrachtet. Nur dieses eine Ding. Da komm ich schon ins

Grübeln. Isses egal geworden, weil sowas wie Autoscheinwerfer mal wichtig waren? Also so richtig wichtig? Geh wieder rein. Muss Grischa fragen.

0084. Grischa wohnt unten. Brauch aber nich klopfen. Macht eh nicht auf. Denkt. Permanent. Lässt vielleicht n Ball titschen. N Tischtennisball. Is also abgelenkt. Gibt nur eine Möglichkeit: Mail schreiben. Einzige Form der Kommunikation. Handy hat er auch nich. Also schreib ich: Müssen spazieren gehen, schreib ich. Direkt ne Antwort: ok. Heißt aber auch: Sofort. Also gleich wieder raus. Und runter. Grischa steht schon inner Tür. Zersessene Cordhose. Fünfzehntage Bart. Lange Haare. Filzig. Darf so aussehen. Grischa darf das. Weil: Wenn einer rausfindet, was los ist, dann Grischa. Wird uns retten. Wird uns alle retten. Wird uns vor uns selbst retten. Mit Mathe. Womit sonst. Gehen also raus. Auf die Straße. Geh links von ihm. Muss immer links von ihm gehen. Kriegt sonst die Krise. Also geh ich links. Und noch was: Auf keinen Fall direkt mit Mathe loslegen. Erstmal warm werden. Literatur zum Einstieg. Irgendwas altes. Neue Sachen liest er nicht. Und was Russisches. Grischa liest nur die Russen. Noch spezieller: Liest nur Gogol. Also über Seelen reden. Tote Seelen. Passt ja irgendwie. Dann Musik. Introduction et Rondo capriccioso en la mineur von Camille Saint-Saens. Was sonst. Bisschen Sport. Schach. Und dann erst: Wo biste dran? Am Universum, sagt er. Läufts?, fragt ich. Sagt er nix. Das mitm Universum ist so ne Sache, sag ich. Vielleicht könnenwa's nich verstehn. Guck er mich an. Vielleicht müssenwa erst uns verstehen, sag ich. Wen jetzt?, fragt er. Uns halt, sag ich. Die Menschen. - Menschen sind uninteressant, sagt er. Menschen sind unlogisch. Sind irrational. Sind Wurzel 2, sagt er. Will noch was fragen. Werd abgelenkt. Läuft einer ohne Hose mit nem Knüppel in der Hand die Straße runter. Grischa sieht's auch. Könnense ja nix für, sag ich dann doch. Stimmt, sagt er. Müssen aber trotzdem ohne mich auskommen. Nick ich. Merk schon: Der ist beschäftigt. Hat keine Zeit für Dekonstruktion. Bleib stehen. Kriegt er gar nicht mit. Geht einfach weiter. Geht nach Hause.

0085.   Geh ich auch nach Hause? Nein. Geh die Straße runter. Straßenbahnhaltestelle. Will in die Stadt. Bücher kaufen. Kaffee trinken. Zigaretten werden auch knapp. Zünd mir eine an. Bleibt einer stehn. Guckt mich an. Wissen schon, dass das ungesund ist, sagt er. Zieh ich an der Zigarette. Zieh richtig tief den Rauch rein. Puste lange aus. Nee, sag ich. Hör ich zum ersten Mal jetzt. Kommt er näher. Hat n Netz Mandarinen dabei. Abgeschnittene Jeans. Kariertes Hemd. Kurze Arme. Na dann nochmal, sagt er. Rauchen ist ungesund. Na und?, frag ich. Is doch egal. Und sowieso: Wer richtig raucht, lebt gesünder. Guckt er komisch. Merk schon: Versteht's nicht. Okay, sag ich. Zugehört. Schmeiß die Kippe hin. Zeig drauf. Diese Zigarette, sag ich. War wichtig. Weil, hat mich innehalten lassen. Hat mich fürn kurzen Moment austreten lassen. Aber, sag ich. Heb den Zeigefinger. Gleichzeitig bin ich immer noch Teil. Kann mich nicht ganz frei machen. Diese Zigarette bringt mich also in Superposition. Lässt mich gleichzeitig frei und unabhängig und akzeptierter, ja vielleicht sogar wichtiger Teil der Gesellschaft sein. Was solln daran wichtig sein?, fragt der Typ. Is doch klar, sag ich. Zünd die letzte Zigarette aus der Schachtel an. Das war doch wichtig für Sie. Also es war Ihnen wichtig, mir zu sagen, wie schädlich rauchen ist. Zweck hin oder her. Sie haben ihre selbstauferlegte moralische Verpflichtung wahrgenommen und mich auf die gesundheitlichen Schäden des Rauchens hingewiesen. War also wichtig. Mein

Rauchen. Wichtig für Sie. Wichtig für die Moral. Wichtig fürn Zweck. Zweck gibt's aber nich mehr, sagt er. Für Sie offenbar schon, sag ich. Dreht er sich weg. Geht.

0086. Guck ihm hinterher. Wie er so mit den Mandarinen schaukelt. Alles egal, nur der nich? Nein. Alles egal, nur die Moral nich? Welche Moral? Moralisch gesehen, war doch schon immer alles egal. Sonst gäb's ja nicht das, was es gibt. Hier zum Beispiel: Bild Zeitung. Drei Gründe für die Pleite von..., kenn ich nich. Is auch egal. Bild will nich erklären. Bild wild lachen. Gründe werden nicht genannt. Nicht wirklich. Hier wird nur vorgeführt. Gelacht. Und weitergeblättert. Warum also überhaupt? Nur für den Lacher? Nur weil die bei der Bild grad halt nicht pleite sind? Ja. Genau das. Der Sinn liegt in der Schadenfreude. Und das ist unmoralisch. Und es ist egal. Und daher berichten die auch nich übern Zweck. Weil es sowieso schon immer egal war. Alles. Jedes einzelne Wort auf jeder Seite jeder Publikation aus diesem Haus. Theoretisch, also wenn sie in der Lage wären Ironie zu erkennen, dann würdense doch übern Zweck und die Irrelevanz und das alles berichten. Und würden sich drüber lustig machen über die Leute, die dran verzweifeln. Die ohne Zweck nich sein können. Die ohne Hose schreiend die Straße lang rennen, weil se einfach nich mehr können. So wie der da. Der da drüben. Kenn den irgendwoher. Wohnt der nich auch im Haus? Egal. Das ist wirklich egal. Nich egal ist meine leere Zigarettenschachtel. Leg die Bild wieder weg. Sag dem Verkäufer, was ich will. Geb ihm Geld. Steckt es ein. Als ob's nich egal wäre. Reiß die Packung auf. Zünd mir eine an.

0087.   Hab genug gesehen. Zieh an der Zigarette. Geh die Straße runter. Lange Straße. Links und rechts Platanen. Paar Menschen. Paar Vögel. Sonne scheint. Guter Tag. Klar, denk ich. Nur an nem guten Tag kann's egal werden. Wenn alle gut drauf sind. Keine Krisen. Keine Katastrophen. Keine Konflikte. Nur dann kann alles egal werden. Wenn alle entspannt sind. Wenn sowieso alles egal scheint. Macht die Sonne. Macht das gute Wetter. Da ärgern sich die Leute kaum. Da lassense ma fünfe grade sein. Da kann einfach mal die gesamte Existenz zu Irrelevanz verkommen. Die Leute zucken mitn Schultern. Haltens Gesicht in die Sonne. Lassens sich gut gehen. Wird schon. Denken die dann. Wird schon werden. Denken die auch jetzt. Aber: Was soll denn werden? Nix wird mehr. Weil alles schon war. Weil alles mal Bedeutung hatte. Aber jetzt nicht mehr. Jetzt eben gerade nicht mehr. Und das ist ja wohl das Beste überhaupt. Also alles egal werden lassen, an nem Tag, an dem es sowieso gefühlt allen egal is. Klar machen die alle dann auch einfach so weiter. Also wie bisher. Gehen zur Arbeit. Einkaufen. Machen am Ende sogar ihre Steuererklärung.   Bisschen   lächerlich.   Oder menschlich. Weil, den meisten is Bedeutung nicht wichtig. Wissen ja gar nicht, wozu sie irgendwas machen. Arbeit, Freizeit, Kinder, Hund, ab und zu Kino. Is doch schon immer alles egal. Da drückt nix. Da ziept nix. Da läuft es einfach. Da scheint jeden Tag die Sonne. Warum das alles mit Bedeutung aufladen? Mit irgendwas Schwerem? Schwer und trotzdem so zerbrechlich. Wer auch immer sich hier jetzt was rausgenommen hat. Wer auch immer meint, offiziell den Stecker ziehen zu müssen, hat's vermutlich auch nich verstanden. Hier war schon immer alles egal.

0088. Zuhause dann: Schuhe aus. Jacke aus. Zigaretten aufn Tisch. Computer an. Bisschen arbeiten. Ping. Kommt ne Mail. Grischa schreibt: Wir präsentieren einen monotonen Ausdruck für den Ricci-Fluss, der für alle Dimensionen ohne Krümmungsannahmen gilt. Häh? Mathe oder was? Muss ich da jetzt was antworten? Vielleicht aus Versehen in CC genommen. Hab ja mit Dimensionen nix am Hut. Zünd ne Zigarette an. Teewasser kocht schon. Bergamotte. Kommt noch ne Mail. Wieder Grischa: Damit ist die Poincaré-Vermutung bewiesen. Und noch ne Mail hinterher: Eines der Millennium-Probleme des Clay-Mathematic-Instituts ist damit bewiesen, schreibter. Das Ding war n Brocken, schreibter. Glaub ich sofort. Klingt mega kompliziert. Versteht das überhaupt einer? Und wenn ja. Wenn interessiertn das? Hab ich jetzt mehr Geld aufm Konto? Seh ich besser aus? Wo isn der Bezug. Wo is die Bedeutung? Also ma abgesehen, dass alles egal is. Google kurz. Geht um Sphären und Dimensionen. Mehr als drei. Rauf. Runter. Zeit spielt auch ne Rolle. Grischa is schon ne Nummer. Arbeitet an was, was niemand versteht, zu ner Zeit, als alles egal wird. Oder es is ganz anders. Is vielleicht wie mit den Mandarinen. Wie mit der Moral. Is vielleicht doch wichtig. Und nicht egal. Weil verstehen egal ist. Weil Das Universum nicht egal ist. Weil die gesamte Bedeutung der Welt in einer anderen Dimension steckt? Drück die Zigarette aus. Trink den Tee aus.

Schuhe an. Muss Grischa fragen. Jetzt gleich. Also
Treppe rauf. Klopfen.

0089.   Macht nicht auf. Is aber zuhause. Hör wie er telefoniert. Legt auf. Macht den Plattenspieler an. Titscht mit nem Tischtennisball. Klopf nochmal. Grischa, ruf ich. Mach ma auf, ruf ich. Hörn Schlurfen. Geht die Tür auf. Guckter mich an. Hab deine Mail gekriegt, sag ich. Und?, fragt er. Solln das?, frag ich. Hab den Beweis gefunden, sagt er. Und jetzt?, frag ich. Jetzt muss ich beweisen, dass es nich egal ist, sagt er. Und?, frag ich. Hab grad erst angefangen, sagt er. Zu früh für ne Pause?, frag ich. Mach nie ne Pause, sagt er. Komm rein, sagt er. Folg ihm ins Zimmer. Kaum Möbel. überall hängen Zettel an den Wänden. Poincaré also, ja?, frag ich. Nickt er. Und jetzt?, frag ich. Nix, sagt er. Interessiert keinen, sagt er. Allen egal. Klar, sag ich. Kann nich sein, sagt er. Und: Die Leute wollen n Zweck? Könnense haben, sagt er. Was hastn vor?, frag ich. Einfach, sagt er. Mach n neuen Zweck. Einfach?, frag ich. Gut, sagt er. Vielleicht nich einfach. Aber machbar, sagt er. Wo fängste an?, frag ich. Beim Universum sagt er. Immer beim Universum. Hm, hm, sag ich. Universum bedeutet was. Genau, sagt er. Aber was? Find ich raus, sagt er. Setzt sich. Reibt die Oberschenkel. Summt vor sich hin. Okay, sag ich. Lass dich mal. Hört er gar nicht. Sieht mich nicht mehr. Bin weg. Bin egal. Alles egal, wenn Grischa denkt. Geh also rauf. Zu mir. Tee kochen. Zigarette rauchen. Vielleicht findet Grischa was. Findet n neuen Zweck. Vielleicht gab's nie einen. Vielleicht isses auch egal. So insgesamt.

0090.　MANDARINEN – 7. Stock

0091.   Lieg ich zuhause aufm Rücken. Völlig fertig. Kann kaum die Augen offen halten. Steh trotzdem auf. Geh in die Küche. Teewasser kochen. Toast mit Marmelade. Obst. Aber: Keine Mandarinen mehr. Okay, denk ich. Is Juni. Is auch keine Saison. Will trotzdem welche essen. Also einkaufen gehen. Trink den Tee. Ess den Toast. Zieh mich an. Im Flur liegen die Schlüssel. Stolper fast über den Karton mit den Zetteln. Sind kaum noch welche da. Alle wissen Bescheid. Zweck erfüllt. Meiner auch. Kann in Ruhe Mandarinen kaufen gehen. Im Treppenhaus is alles ruhig. Hab nix anderes erwartet. Geh also runter auf die Straße. Sonne scheint. Guter Tag. War vermutlich Absicht. Also war Absicht, heute die Zettel zu verteilen. Is angenehmer. Winter wär schlimm gewesen. So alles grau in grau. Und dann kommt so ne Nachricht. Da gäbs dann gleich n Aufruhr. Heute aber nicht. Alles ruhig. Scheint fast nicht zu interessieren. Leute tun, was Leute so tun. Stehen an. Zum Beispiel. Stehen vor dem Verkaufsstand vom Obst- und Gemüsehändler. Auslagen sind voll. Alle zahlen bar. Zur Bank müsst ich später auch noch. Für Mandarinen reichts aber noch. Gibt die auch einzeln. Kauf aber gleich n ganzes Netz. Und?, frag ich den Verkäufer. Hamses schon gehört?, frag ich. Klar, sagt er. Alles egal, sagt er. Aber Hunger hamse trotzdem, sagt er. Nick ich. Hunger hamse immer, sag ich. Ja, sagt er. Also keine Panik, sagt er. Geb ihm das Geld. Nehm das Netz. Schöne neue Welt. Funktioniert auch ohne Zweck, denk ich. Also müsste eigentlich. Setz mich mitn Mandarinen an ne Bushaltestelle. Will gleich die erste essen. Schau mir kurz den Fahrplan an. Kommt n Bus? Oder nicht? Also wenn's egal ist. Guck also drauf. Quatscht mich einer an. Meint es fährt kein Bus. Baustelle. Umleitung. Sowas. Danke, sag ich. Es nicht so wichtig. Jetzt oder vorher, fragt er. Vorher, nachher, is egal, sag ich. Ich mein vorm Zettel, sagt er. Alles irrelevant und so, sagt er. Ah, sag ich. Der Zettel, sag ich. Hab den zuhause liegen gelassen, sag ich. Ja, sagt er. Ich auch. Aber: Wasn damit? Hamse ne Meinung, fragt er. Zuck ich mitn Schultern. War Ihnen zumindest nich egal, mir zu helfen, sag ich. Auch wenn's mir egal war, sag ich. Aber das is ja auch egal, sag ich. Also doch alles egal?, fragt er. Ihnen vielleicht, sag ich. Schäl weiter meine Mandarine. Rennt zur Kirche. Ah, denk ich. Und: Interessant.

0092. Hab die erste Mandarine gegessen. Bus kommt nich. Also mit der Bahn in die Stadt. Haltestelle is gleich nebendran. Stehn auch n paar Leute da. Aber nich so wie sonst. Also nich so aktiv. Eher verträumt. Teilnahmslos. Geschockt? Kanns nich einschätzen. Bahn kommt auf jeden Fall. Paar Leute steigen aus. Paar Leute steigen ein. Is sogar ne Kontrolleurin drin. Zeig ihr mein Monatsticket. Setz mich dann irgendwo. Fang an die nächste Mandarine zu schälen. Halten am nächsten Stopp. Kommt noch n Kontrolleur rein. Kenn ich. Wohnt bei mir im Haus. Setzt sich. Kontrolleurin geht einfach vorbei. Holter sie zurück. Quatschen kurz. Geht wohl ums Ticket. Sehen beide n bisschen verwirrt aus. Dann kontrolliert sie sein Ticket. Und geht einfach weiter. Setzt sich hinten in die Bahn. Holts Handy raus. Der andere Kontrolleur guckt hinterher. Steh auf. Setz mich neben ihn. Biet ihm ne Mandarine an. Nee danke, sagt er. Mandarinen ham viele Vitamine, sag ich. Is wichtig, sag ich. Kann sein, sagt er. Hab grad andere Probleme, sagt er. Wasn für Probleme?, frag ich. Na hier, sagt er. Guckense doch mal. Guck ich durch die Bahn. Kann nix erkennen, sag ich. Sind doch alle da, sag ich. Wie jetzt?, fragt er. Alle da. Naja, sag ich. Wenn alle da sind, is doch alles okay, sag ich. Hauptsache nich allein, sag ich. Fang an ne Mandarine zu schälen. Lächel ihn an. Steh dann auf. Nächste Haltestelle is meine. Steig aus. Seh noch durch die Scheibe, wie er hinterher guckt. Stück für Stück, denk ich. Stück für Stück.

0093. Geh die Straße runter. Netz mit den Mandarinen schlackert gegen meine Beine. Fühlt sich illegal an, im Juni Mandarinen zu essen. Is halt eigentlich ne Winterfrucht. Auch wennse Sonne braucht. Aber grade heute isses egal. Weil, is ja alles egal. Ob und wie und wann ich Mandarinen esse, spielt keine Rolle. Hat vielleicht noch nie ne Rolle gespielt. Hol also noch eine ausm Netz. Fang an die im Gehen zu schälen. Gar nich so leicht. Vor allem mit dem Netz in der anderen Hand. Bleib also stehen. So geht's besser. Guck mich nahm Mülleimer um. Seh einen nervös mitm Schlüssel klappern. Is der Wirt vom Krokodil. Sagt man sowas noch? Wirt? Kneipier? Bartyp. Der Bartyp vom Krokodil versucht nervös aufzuschließen. Wird auch immer früher. Also macht immer früher auf. Geh hin. Seh seine Unruhe. Fast schon Panik. Ganz ruhig, sag ich. Dreht der sich zu mir. Leg meine Hand auf seinen Arm. Er so: Ey! Merk, wie er schreien will, aber irgendwie nich kann. Was wollnse von mir?, fragt er. Drück ihm so den Arm. So wie zur Bestätigung. So als ob ich sage: Keine Panik, du machst alles richtig. Oder so. Sag's aber nich wirklich. Hol einfach ne Mandarine ausm Netz. Hier, sag ich. Wer viel trinkt, braucht viel Obst, sag ich. Is wichtig. Nix is wichtig, sagt er. Alles egal. Außer Gin?, frag ich. Ja, sagt er. Ganz genau, sagt er. Nick ich. Geb ihm trotzdem die Mandarine. Steckse einfach in seine Tasche. Dreh mich um. Geh einfach weiter. Klar: Der is jetzt ziemlich verwirrt. Vermutlich noch verwirrter als vorher. Als er den Zettel zum ersten mal gelesen hat. Aber so is das mitn Mandarinen. Kann ich nich ändern.

0094.   Geh weiter. Reißt das Netz auf. Mandarinen fallen auf die Straße. Rollen druch die Gegend. Kann n paar mitm Fuß stoppen. Lauf den andern dann hinterher. Sammel die so in meinem Hemd. Nervig. Muss denen richtig hinterher hecheln. Will grad zupacken. Tritt einer drauf. Guck hoch. Grischa. Kennt mich nich. Weiß ich. Weiler niemanden kennt. Weiler immer nur in seiner Wohnung hängt und denkt. Soller machen. Vielleicht kommter sogar dahinter. Vielleicht fällts ihm ein. Das Ding mitm Universum is auf jeden Fall n guter Anfang. Aber hier auf ner Mandarine ausrutschen, soller nich. Tschuldigense bitte, sag ich. Wolltse nich vom Denken abhalten, sag ich. Woher wollense denn wissen, was ich denke?, fragt er. Weich nich, sag ich. Weiß nur, dass se denken, nicht was, sag ich. Gehtse auch nix an, sagt er. Stimmt, sag ich. Weil's egal ist. Was?, fragt er. Alles, sag ich. INklsuive was se denken. Jetzt hörnsemal, sagt er. Was ich denke, ist zumindest mir nicht egal, sagt er. Ahh, denk ich. Gut so. Kann sein, sag ich. Nehmense ne Mandarine, sag ich. Dann fällt's denken leichter, sag ich. Nimmt er eine. Dehtse in der Hand. Genau so. Jetzt denkter wieder. Muss denken. Is wichtig. Muss es aber allein tun. Also schnell weg. Bevor er guckt.

0095.   Is aber natürlich blöd jetzt. Hab kaum noch Mandarinen. Muss welche besorgen gehen. Da vorne isn Supermarkt. Schnell rein. Obstregal. Komplette Auslage voll. Weil, so isses nämlich. Die Leute wollen auch im Juni Mandarinen essen. Is denen nämlich egal, ob die durch die halbe Welt geschickt werden. Aber: Schimmel is nich egal. Daher lohnt sich n genauer Blick. Am besten jedes Netz prüfen. Ganz genau. Jede einzelne Mandarine auf Flecken prüfen. Die werden ja oft auch nur so reingefeuert von den Regalräumern. Und wenn dir erstmal ne Delle haben, dann is eh vorbei. Guck also genau hin. Wird ich angequatscht. Und?, fragt ne alte Frau. Wie sindse so? Perfekt, sag ich. Einfach nur perfekt. Guck ich. Isses Grischas Mutter. Kennt mich auch nich. Bin der große Unbekannte. Glaub, niemand weiß, dass ich überhaupt da wohne. Is auch gut so. Würd alles nur noch komplizierter machen. Hol mir dann so n Netz. Reiß es auf. Check nochmal die einzelnen Mandarinen. Fang an eine zu schälen. Probier. Hmm. Köstlich. Wollense eine?, frag ich. Also, sagtse. Das könnense doch nich machen, sagtse. Hamse doch noch gar nich bezahlt, sagtse. Naja, sag ich so beim Kauen. Is doch egal. Also nein, sagtse. Sowas mach ich nich. Auch nich wenn's egal ist. Ist also nich egal?, frag ich. Muss grinsen. Mekrtse nich. Hm, sagtse. Vermutlich schon. Werd's trotzdem lassen. Zuck ich die Schultern. Ihr Verlust, sag ich. Futter den Rest der Mandarine. Schnapp mir noch n Netz. Geh.

0096.   Will zum Fluss. Sommer am Fluss. Beste Ort für Mandarinen. Isso. Und danach: N Eis. Gönn ich mir. Aber: Kein Bargeld mehr. Und mit Karte ism beim Eis-Bulli nich. Also erstmal Bank. Is auch nich weit. Zweimal um die Ecke und ne Weile geradeaus. Da vorne is die Filiale schon. Lange Schlange. Bis nach draußen. Klar. Leute wissen nich was is. Holen lieber ihr Geld. Glauben, dass es zuhause sicher ist. Vergessen aber: Geld is egal. Alles is egal. Könnens natürlich trotzdem nich lassen. Brauchen halt irgendwas zum Festhalten. Und wenn's die Scheine in der Tasche sind. Geh also rein. Stell mich an. Gehört sich so. Kommt ne Frau reingepoltert. Is Frau Schmitt. Kenn ich. Sieht wüst aus. Drängelt sich nach vorn. Leute werden unruhig. Hey, ruf ich. Bei allem Verständnis für Frau Schmitt, aber, geht so nich. Auch nich wenn's egal is. Jucktse aber nich. Schreit zurück. Is doch egal, schreitse. Is doch alles egal! Ja, denk ich. Die braucht mehr als nur ne Mandarine. Hab aber grad nix anderes. Hol also eine raus. Und schmeiß die rüber. Ducktse sich weg. Knallt die Mandarine voll gegen so n Pappding mit Werbeflyern. Kippt um das Ding. Ui. Wollt ich nich. Geh schnell hin. Heb's wieder auf. Muss ja nich sein. Auch wenn's egal is. Warum machense das?, fragt Frau Schmitt. Wasn?, frag ich. Na aufräumen, sagtse. Weils sich gehört, sag ich. Und bitte entschuldignse meine Wut, sag ich. Gucktse nur. Dreht sich um. Geht zum Schalter. Quatscht mit dem jungen Typ da. Geh ich auch wieder in die Schlange. Niemand beachtet mich.

Alle gucken son bisschen nervös nach vorn. Würde am liebsten allen ne Mandarine geben. Kann aber wirklich nich allen helfen. Die meisten werden wohl allein draufkommen müssen. Ohne meine Mandarinen.

0097.   Bin dann fast am Fluss. Seh ich Schmitt. Steht einfach so rum. Sucht bestimmt seine Frau. Ob ich was sagen soll? Ob ich ihm sagen soll, wo se is? Was se macht? Wies ihr geht? Nein. Beste was ich machen kann, is Mandarinen verteilen. Hol also eine ausm Netz. Haltse ihm hin. Danke, sagt er. Hol dann noch eine raus. Fang an zu schälen. Stehn dann zusammen da. Essen Mandarinen. Niemand spricht. Schmitt hat seine Hose um den Kopf gebunden. Ziehtse an. Danke für die Mandarine, sagt er. Nick ich. Lass ihn stehn. Geh aber nich allzu weit weg. Will wissen, was mit ihm is. Wie er klar kommt. Ob er klar kommt. Fühl mich verantwortlich. Nich nur wegen den Zetteln. Weiß aber nich genau, warum. Weil, Zweck war Zweck. Is halt nich mehr. Machse nix. Müsstense doch alle genauso sehen. Könnense aber offenbar nich. Und Schmitt? Der offenbar auch nich. Hätt ja sonst nich seine Hose um die Stirn gebunden. Und würd auch nich sein Handy in den Fluss schmeißen. Also so wie jetzt gerade. Und würd sich auch nich einfach ausziehen. Komplett nackt. Würde auch nich in den Fluss gehen. Würd sich nich treiben lassen. Schon gar nicht in ne Schleuse. Is ja gefährlich. Brandgefährlich. Machter trotzdem. Seh noch wie er kurz mit den Armen schlackert. Dann isser weg.

0098. Menschen verschwinden. Das passiert. Auch vorher schon. Als es noch wichtig war. Und Menschen verschwinden, wenn's nich wichtig is. Trotzdem wollen immer alle das Warum wissen. Dabei dürft ja nun klar sein: Warum is egal. Gibt's einfach nicht mehr. Und früher? Da war es mindestens zu kompliziert. Das Warum war zu kompliziert, um es zu verstehn. Die meisten ham daher so getan, als gäb's kein Warum. Und jetzt? Jetzt rastense n bisschen aus. Vielleicht weil's jetzt offiziell kein Warum mehr gibt. Weil, heißt ja dann wirklich, dass es mal eins gab. Und wenn's eins gab. Was war es? Und was is eigentlich verdammt nochmal überhaupt passiert? Also was ist passiert, dass es jetzt kein Warum mehr gibt? Auf dem Zettel steht ja auch nix. So völlig selbstverständlich. Also irgendjemand den Rahmenvertrag kennen würde. Was solln das überhaupt sein? Und mit wem wurd der abgeschlossen? Nich mit mir. Aber ich hab den Zettel auch nich geschrieben. Ich hab nur meine Mandarinen. Mehr kann ich dazu auch im Prinzip nich sagen. Schlender also einfach weiter. Schlender durch die Stadt. Komm dann aufn großen Platz. Und merk gleich: Hier sammelt sich die pure Irrelevanz. Hier laufense rum. Einfach so. Ohne Ziel. Ohne Sinn. Ohne Zweck. Leere Schritte durch eine leere Stadt mit leeren Blicken. Hätt nich gedacht, dass es so schnell geht. Umso schöner, wenn Normalität aufblitzt. Der Junge ausm Haus. Der mit der kaputten Lunge. Steht da mit seiner Pflegekraft. Steht da und knutscht. Wunderschön.

Stell mich daneben. Schäl ne Mandarine. Wart bisse kurz atmen. Halt eine hin. Willste ne Mandarine, frag ich. Nee danke, sagt er. Die Freundin zuckt nur. Zuckt so zu mir hin. Is ne Drohung. Weiß ich. Hau ab, sagtse dann auch. Hau bloß ab. Warum?, frag ich. Weilde nervst, sagtse. Schanppt sich die Mandarine und knalltese mir ins Gesicht. HAU JETZT AB!, schreitse. Wisch mir mit der Hand die Mandarine ausm Gesicht. Bleib aber stehn. Mann ey, sagtse. Nimmt die Hand von dem Jungen. Weg sindse. Is okay. Wut is okay. Frust is okay. Mandarinen in Gesichter klatschen. Halbokay. Weniger wegen meinem Gesicht. Mehr wegen der Mandarine. Is ja keine Saisonmandarine. Weil halt einfach keine Saison is. Da solltenwa mit den Mandarinen besser umgehen. Find ich.

0099.   Reicht mir jetzt auf jeden Fall. Lieber wieder nach Hause. Genug mit Mandarinen um mich geworfen. Aber: Einer fehlt noch. Da stehter auch schon. Raucht. Raucht immer. Klar, is egal und so. Aber rauchen? Geh also hin. Wissen schon, dass das ungesund ist, sag ich. Ziehter an der Zigarette. Zieht so richtig kräftig. Zieht das halbe Ding ein. Atmet tief ein. Pustet den Rauch aus. Ziemlich viel Rauch. Nee, sagt er. Hör ich zum ersten Mal, sagt er. Witzbold. Geh näher ran. Na dann nochmal, sag ich. Rauchen ist ungesund. Na und?, fragt er. Is doch egal. Und sowieso: Wer richtig raucht, lebt gesunder, sagt er. Also das will ich jetzt aber mal genauer wissen, denk ich. Okay, sagt er. Zugehört. Schmeißter die Kippe hin. Zeigt drauf. Diese Zigarette war wichtig, sagt er. Weil, hat mich innehalten lassen, sagt er. Hat mich fürn kurzen Moment austreten lassen, sagt er. Aber, sagt er und hebt dabei den Zeigefinger. Gleichzeitig bin ich immer noch Teil. Kann mich nicht ganz frei machen. Diese Zigarette bringt mich also in Superposition. Lässt mich gleichzeitig frei und unabhängig und akzeptierter, ja vielleicht sogar wichtiger Teil der Gesellschaft sein, sagt er. Das is natürlich alles Quatsch, denk ich. Teil der Gesellschaft? Wasn fürn Teil? Und welche Gesellschaft? Also: Was solln daran wichtig sein?, frag ich. Is doch klar, sagt er und zündet noch ne Zigarette an. Das war doch wichtig für Sie, sagt er. Als es war Ihnen wichtig, mir zu sagen, wie schädlich rauchen ist. Zweck hin oder her. Sie haben ihre selbstauferlegte moralische Verpflichtung wahrgenommen und mich auf die gesundheitlichen Schäden des Rauchens hingewiesen. War also wichtig. Mein Rauchen. Wichtig für Sie. Wichtig für die Moral. Wichtig fürn Zweck. Zweck gibt's aber nich mehr, sag ich. Für Sie offenbar schon, sag ich. Kann dazu nix mehr sagen. Würd am liebsten losjubeln. Würd ihn umarmen. Küssen. Hochleben lassen. Dieser Mensch braucht keine Mandarinen. Soll er rauchen. Soll er sein Leben mit jedem Zigarettenzug um zehn Jahre verkürzen. Meine Hilfe braucht er nich. Dreh mich also weg. Geh nach Hause. Fernsehguckn.

Zeitfracht Medien GmbH
Ferdinand-Jühlke-Straße 7
99095 Erfurt, Deutschland
produktsicherheit@kolibri360.de